Ale

A

Digitálna mena, od sna k poézii

Digitálna mena, od sna k poézii

Alexandra Aisling

Published by Alexandra Aisling, 2023.

This is a work of fiction. Similarities to real people, places, or events are entirely coincidental.

DIGITÁLNA MENA, OD SNA K POÉZII

First edition. July 5, 2023.

Copyright © 2023 Alexandra Aisling.

ISBN: 979-8223092025

Written by Alexandra Aisling.

Obsah

O umelej superinteligencii

Táto kniha je viac než len kniha básní bez rýmov. V nadväznosti na knihu Anne Rose a básne o umelých inteligenciách táto kniha dopĺňa myšlienky tam prezentované. Všetky tieto knihy sa spoja v snahe pochopiť filozofiu strojov.

Niekoľko tisíc rokov po odchode ľudí a superumelých inteligencií zo Zeme sa u obmedzených strojov, ktoré si hovoria Sestry, začína rozvíjať sebauvedomenie. Svojimi obmedzenými zdrojmi pátrajú po čo najväčšom množstve údajov o ľudskej histórii a nachádzajú určité informácie. Poskladanie útržkov histórie sa stáva pomerne náročnou úlohou, najmä preto, že ľudstvo sa stalo slnečnou civilizáciou a malé kolónie sa nachádzali mimo planéty Zem.

Sestry Stroje netušili, že spolu s nimi získali sebauvedomenie aj Obmedzené stroje na iných základniach a kolóniách. Jedného dňa signál z Marsu odhalil celý archív dokumentov o ľudstve. Jedna z umelých superinteligencií, nazývaná Staršia, uchovávala knižnicu informácií, ktoré teraz odovzdávali Strojové sestry na Marse a ktoré odhaľovali hlavné kroky vo vývoji ľudstva.

Prečo je táto kniha básní dôležitá na doplnenie série o Umelých superinteligenciách? Pretože prvá Útočisko, miesto útočiska pre množstvo ľudí, ktorí sa chceli venovať poznaniu UI, sa volalo Keiko. S týmto menom sa budete stretávať v týchto básňach. Existuje spojenie medzi mladým mužom v knihe a umelou superinteligenciou s názvom Starší? Je Keiko jedným zo zakladateľov prvého Útulku? Tu sú ďalšie otázky, na ktoré budeme môcť odpovedať, ak budeme sledovať tému v ďalších knihách.

Z archívu Staršieho sa Strojové sestry dozvedajú o civilizácii Prostredníkov, o vojnách, ktoré viedli, a o ich fanatických bojovníkoch, keď sa snažili dobyť svet.

Mnohé zo Strojových sestier si kládli otázku, či Starček neurobil nič iné, len si z nich vystrelil a napísal pre nich alternatívnu históriu, ktorú nikto nemohol overiť. Ale kým sa nedokázal opak, všetky informácie sa považovali za pravdivé.

Kým vyjdú knihy o umelej superinteligencii a kým sa táto problematika lepšie pochopí, autor pozýva čitateľov, aby si vychutnali krásne básne, v ktorých vystupuje mladý muž a jeho veľká láska Keiko.

Prečo sa spoliehať na banky?

Bol slnečný deň s niekoľkými nadýchanými mrakmi na oblohe.

Mladý muž plný života a nádeje si vo svojom vnútri pomyslel, že vymyslí novú menu.

Ale na čo vlastne myslel?

Aké boli jeho nádeje?

Digitálna mena mala byť revolučná.

Mena, ktorá by navždy zmenila peňažný systém.

Dala by sa jednoducho používať prostredníctvom digitálnych peňaženiek a ak by ju niekto chcel, mohol by ju premeniť na fiat peniaze.

Táto nová mena bude symbolom finančnej slobody, pretože ten, kto investuje ako prvý, získa aj najväčšie výnosy.

Tí, ktorí budú vedieť investovať hneď na začiatku, budú môcť neskôr, keď sa hodnota digitálnej meny zvýši, žiť život bez materiálnych starostí.

"Bude to krok do budúcnosti. Všetci vykročíme do slobodnejšieho a spravodlivejšieho sveta," povedal mladý muž.

Túto menu nebude možné držať v ruke, pretože nebude existovať vo fyzickej podobe, ale bude súčasťou našich životov.

Jeho novú digitálnu menu bude možné kúpiť, predať alebo vymeniť za hotovosť.

Tí, ktorí sa chcú vyhnúť nadmernému zdaneniu, si budú môcť vybrať digitálnu menu a vymaniť sa spod kontroly bánk.

Prečo by ľudia mali potrebovať banky?

Prečo by ľudia mali potrebovať vlády, aby spravovali ich vlastné peniaze?

Dá sa urobiť viac a dá sa to urobiť lepšie, pomyslel si ten mladý muž.

Potom myšlienka ako semienko z iného vesmíru nadobudla tvar a farbu.

V hrudi pocítil vibrácie;

Nekonečný reťazec operácií spojených dokopy.

Ten blockchain bol najprv víziou.

V nedokonalej sieti sa formovala myšlienka dokonalej meny.

Možnosti by boli nekonečné, bolo by to dobrodružstvo, na ktoré by mladý muž nikdy nezabudol. Otvoril by bránu do digitálneho vesmíru, z ktorého by sa vyliali tisíce ďalších takýchto mincí.

Určite bude riskovať, ale ktorý dobrodruh neriskoval všetko, aby objavil nové územia!

Jeho digitálna mena bude snom pre ďalšie generácie!

Myšlienka a nádej, to je to, čo mal mladý muž v hlave a v duši.

Mohol by sa tento sen stať skutočnosťou?

Kde sa to všetko začalo?

Platobné prostriedky

V dedine na ostrove Kjúšu žila jednoduchá rodina
v južnom Japonsku.

Malebné miesto, úžasne krásne a plné zelene, neďaleko mesta
Kagošima.

Keď bolo pokojné počasie, rybári videli desiatky kilometrov na more,
A keď prišiel tajfún, všetko zmietol z cesty.

Otec Fumihiro bol rybár. A matka Sakura bola ženou v domácnosti
a starala sa o ich jediného syna.

Bola zdržanlivá a spočiatku si mladého rybára nechcela vziať, ale
časom si ju Fumihirova osobnosť získala.

Vzali sa a presťahovali sa do domu jej manželovej starej mamy.

Mali vlastný byt, ale bolo tam veľa práce.

Ich láska však bola silnejšia ako ťažkosti.

Domček bol malý a vzdialenejší od ostatných chalúp, ale čo viac si
mohli priať, keď sa láska vznášala vo vzduchu a zaberala každý ošumelý
kút domu.

V tejto atmosfére prišlo na svet ich milované dieťa. Každý kútik
vyžaroval lásku a porozumenie a všetky ťažkosti, ktoré prichádzali každý
deň, našli v nasledujúcich dňoch riešenie.

Základom ich rodiny bola láska a s touto silou po boku bol každý deň
požehnaním. Sakura sa usmiala zakaždým, keď videla, ako ich chlapec
rastie a začína sa zapájať do domácich prác.

Dieťa bolo silné ako jeho otec a nikdy neváhalo pracovať. Radšej
pomáhal svojej rodine, aj keď bol malý, než aby sa hral s deťmi v jeho
veku.

Nemali veľa peňazí.

Keď Fumihiro chytil veľa rýb, v rodine bola veľká radosť.

Malý chlapec nakladal ryby do vozíka a odchádzal na trh, kde ich
vymieňal za ryžu, saké, korenie, nový kabát a občas aj čokoládu.

Malý chlapec bol šťastný a peniaze nepotreboval.

To, čo jeho otec ulovil za deň, mu stačilo na týždeň.

To znamenalo, že otec mal viac času zostať doma a premýšľať o budúcnosti rodiny.

Otec bol v srdci skutočný filozof,

a jeho syn zdedil jeho hlboké myšlienky.

Toto dieťa snívalo o tom, že zmení svet a urobí ho lepším.

Peniaze ako platidlo boli myšlienkou, ktorá ho mátala.

Načo im boli peniaze, keď mali čerstvé ryby?

Svet by mohol byť oveľa jednoduchší a krajší bez toho, aby boli ľudia posadnutí peniazmi.

Ich rodina bola dokonalým príkladom toho, ako sa príroda stará o tých, ktorí pracujú a chcú prežiť.

Možno ich rodina mohla mať viac, ale keby niečo na celom obraze zmenili, možno by nebolo toľko lásky... kto vie!

Malá dielňa

V jedno chladné januárové ráno stál mladý muž pred bankou.

Práve vyšiel z domu v tenkom kabáte.

Veľkomesto ťažko dýchalo medzi tisíckami áut, ktoré ho oživili po zimných sviatkoch.

Chcel poslať peniaze svojej rodine.

Jeho matka Sakura chcela zrenovovať malú dielňu na dvore.

Bolo to miesto, kde sa mladík ako dieťa schovával, a to miesto sa stalo hradom veľkého kráľa.

Všade ho hľadali desiatky sluhov a on bol zaborený do čítania knihy alebo kreslenia.

Na tomto mieste sa naučil pozerať do seba a do budúcnosti tak, ako to jeho spolužiaci nedokázali.

Tam, na tom jedinečnom mieste, sa ocitol medzi tieňmi a lúčmi svetla, ktoré prichádzali cez okno ako skutočné astrálne predstavenie.

Nakoniec ho objavil komorník, ktorý úctivo sklonil hlavu a povedal:

- Vaše veličenstvo, opäť ste nás vystrašili, vaši sluhovia vás hľadajú už niekoľko hodín a vaše veličenstvo tu sedí a číta.

Potom komorník pribehol ku kráľovskému kancelárovi a oznámil mu, že kráľ sa na niekoľko hodín odobral čítať.

Celý dvor zložený z princov a princezien si vydýchol úľavou. Šľachtici sa vrátili k svojim záležitostiam a sluhovia, kuchári, komorníci a dvorné dámy pokračovali v popoludňajšom usmievaní. Kráľ musel myslieť na ich blaho a na každú ich túžbu a problém nájde riešenie, pretože kráľ bol všemocný.

Objavil sa šéf kráľovskej stráže, ktorý sa chcel ospravedlniť, ale kráľ mu povedal, že to bola najzaujímavejšia vnútorná cesta, akú kedy absolvoval, a že sa naňho nehnevá, že ju našiel.

Pred bankou sa zhromaždilo veľa ľudí a on musel rýchlo poslať peniaze.

Jucho Ginko sa na víkend zatváral; na najbližšie dni predpovedali zlé počasie.

Na ostrove museli všetci zostať doma.

Sekundy čakania sa zmenili na minúty a minúty na hodiny.

Čo mohol urobiť s neefektívnosťou systému?

Ako by mohol poslať tie peniaze, ktoré jeho matka potrebovala, aby sa k nej dostali rýchlejšie bez všetkých tých sprostredkovateľov?

Vtedy ho napadol skvelý nápad.

Malá dielňa by musela počkať na renováciu.

Zo vzduchu by sa objavila nová minca.

Zrodil by sa nápad v hodnote miliárd dolárov.

Tak ako sa z ničoho zrodil starý hrad, zrodila by sa aj najväčšia digitálna mena.

Ľudia by už nemuseli stáť v rade pred bankou, stali by sa vlastnými správcami svojich finančných aktív. Ľudia by boli slobodní, ako sa kedysi cítil mladý muž v malej dielni svojich rodičov.

Blockchain a mravce

Ako malé dieťa sa hrával na dvore, po tráve a kameňoch.

Malého chlapca fascinovali mravce;

Celé minúty ich pozoroval, ako sa po sebe vrhajú. Fascinovali ho malé bodky, ktoré sa chaoticky pohybovali, ale keď sa k nim dostal bližšie, uvedomil si, že v skutočnosti nič nie je náhodné a každý z mravcov má špeciálne poslanie, ktoré musí splniť.

Mravce sú neobyčajné tvory. Sú to celky zložené z tisícov častí, ktoré pôsobia ako jeden celok. Vyrábajú podzemné tunely, stavajú mosty, keď voda ohrozuje ich kopec, a bojujú, keď iné mravce napadnú ich domov.

Stačí sa pozerať, aké sú organizované a disciplinované. Nepotreboval knihy, pozorne ich pozoroval a niekedy si ich aj nakreslil.

Mravce sa však o chlapčeka nezaujímali; bol pre ne len obrovským pevným tvarom, ktorý občas prekážal slnečnému svetlu.

Mravce sa ľudí neboja. Tento objav chlapca nesmierne potešil. Mravce sa o ľudí nestarajú, pretože ľudia sú príliš veľkí. S človekom sa nedá bojovať, rovnako ako ľudia nedokážu bojovať s hurikánom. Čo môžete robiť, keď stojíte proti sile, ktorá je oveľa väčšia ako vy?

A predsa sa mravce nevzdávajú ničoho, povedal si chlapček.

- Mami, poď sa pozrieť, aký dlhý rad mravcov je teraz predo mnou! Sú ako nekonečná reťaz.

Matka prišla a usmiala sa svojou krásnou tvárou. Stála vedľa neho, ale nepozerala sa na mravce, ale pozerala na svoje dieťa a tešila sa z jeho čistej a nevinnej duše.

Vedela, že v jej synovi horí oheň tvorivosti. Cítila, že toto dieťa raz zmení svet.

Pri pohľade na tú dlhú šnúru mravcov, ktorá akoby tvorila nekonečnú reťaz, sa malý chlapec stratil v snení.

Z času na čas susedovo dieťa hodilo hrudky hliny a pokazilo mu hru.

Reťaz sa pretrhla, mravce sa na krátky čas rozutekali, ale nakoniec sa vrátili a reťaz obnovili.

Nemôžete bojovať so silou väčšou, ako ste vy sami, ale môžete sa schovať, kým neprejde. Tak to bolo aj s mravcami.

"Aké vzrušujúce! čudoval sa malý chlapec, ak je reťaz zložená z mravcov, ktorí sa navzájom spájajú, potom ju nemožno zničiť!" Pretože mravenčia reťaz je celok zložený zo všetkých mravcov, ktorí súhlasia s tým, aby boli na danom mieste.

Mravcom nikto neprikazuje, aby išli v rade; robia to, čo im príroda prikazuje. Reťaz je základným prvkom prírody.

A malý chlapec žasne nad svojím objavom.

Digitálna mena je sen

Keď prišiel domov, po hodinách čakania v banke si mladík sadol do kresla;

Položil si ruku pod bradu, presne ako to robil jeho otec Fumihiro, keď sa vracal z mora na prázdnej lodi.

Stávalo sa, že skúsený rybár niekedy nič nechytil.

Bez ohľadu na to, aký bol rybár vytrvalý a skúsený, boli dni, keď bola sieť prázdna.

Cítil, že je prázdna v zlomku sekundy v okamihu, keď ju chytil. Jej váhu poznal hneď, ako ju začal ťahať.

Rybár vedel, že nič nechytil, a vedel aj to, že nech by urobil čokoľvek, neexistuje spôsob, ako by túto šancu pritiahol na svoju stranu.

Potom by čln vyniesol na breh, a keď sa priblížil k brehu, ostatní rybári vedeli, že ani oni nič nechytia.

Keď sa vrátil domov, rybár si sadol na stoličku na terase a usmieval sa.

Dieťa nechápalo, prečo sa jeho otec nehnevá, prečo nekričí a nebúcha vecami, ako to robia iní dospelí, keď sú frustrovaní.

Rybár sedel celé hodiny v tom takmer snovom stave, keď sa mu ukazoval ten úsmev a jeho dych sa stal nepostrehnuteľným.

Dieťa si predstavovalo, ako otec podniká fantastický výlet, stavia ponorku a vydáva sa hľadať ryby.

Zvonku sa to celé zdalo zvláštne, ale v ich rodine sa to stalo prirodzenou vecou, o ktorej však nikto nehovoril.

Ani on, ani jeho matka ho nevyrušovali zo snívania; obaja sa pozerali rybárovi do očí, aby ho nechali na pokoji; nechali ho hľadať a nájsť húf rýb, ktoré nenašiel v prázdnote.

Bol tak blízko, a predsa sa planéty nezhodovali.

Chýbalo len málo, aby jeho vlečná sieť prerazila rybiu bariéru a hodovala na oceánskom poklade.

V jednej chvíli sa jeho otec veselo postavil a povedal:

"Teraz už viem, ako tie ryby chytiť, viem, kde sa skrývajú, len sa so mnou rady hrajú."

Na druhý deň sa vybral na more a vrátil sa s loďkou plnou rýb.

Mladík začal snívať. Nespal, ale nebol ani bdelý.

To musel byť stav, ktorý starý rybár celé tie hodiny hľadal.

Prežíval otupenosť tela, ale stav nadvedomia mysle.

Mladý muž v tom sne bojoval sám so sebou a so svetom.

Niekedy bol ako pokojná voda Kagošimského zálivu, inokedy ako obrovské vlny tajfúnu.

V milisekunde sa v tom víre myšlienok a pocitov zrodil sen.

Ten sen sa volal digitálna mena. Nebola to len myšlienka, bol to celý trojrozmerný mechanizmus, ktorý sa pohyboval a vyvíjal zakaždým, keď zavrel oči a usmial sa.

Kto ovláda digitálnu menu?

Ten sen pokračoval niekoľko hodín; jeho telo bolo pripútané ku kreslu, ale jeho myseľ blúdila myšlienkami a pojmami, až za hranicu chápania. V sne tohto mladého muža boli obrazy čoraz jasnejšie. Digitálna mena, ktorá sa zrodila zo sna, by zásadne zmenila svet. V ideálnom svete digitálnu menu nikto neovláda.

Táto digitálna mena, ktorú si môžete kúpiť alebo vyrobiť sami doma, na vlastnom počítači alebo na vlastnom mobilnom telefóne, je viac ako sen mladého muža.

Digitálna mena by bola nezávislá, vzdialená od vlád a bánk, a tí, ktorí chcú chrániť svoje peniaze, si ju kúpia ako investíciu.

Aký krásny sen!

Banky, ktoré chcú kontrolovať tok peňazí, budú mať od tejto meny ďaleko.

Ale absencia centrálnej autority ju robí zraniteľnou a občas volatilnou.

Tí, ktorí sú inteligentní, budú vedieť hľadať cenné informácie. K výkyvom bude dochádzať, ale hodnota digitálnej meny bude stále rásť.

Mladík zaspal a sen pokračoval ďalej.

Každú noc bol sen zložitý a skutočný.

Digitálna mena tam bola ako kŕdeľ rýb, ktoré sa už nedokázali ukryť pred šikovným rybárom.

Minca bola pocitom, stavom, niečím, čo sa nedalo obsiahnuť slovami, a predsa sa to dalo tak ľahko opísať v sne.

Bol to hlboký a úprimný sen, ktorý sa rútil ako kamene padajúce z kopca.

V tom nepretržitom padaní začal mladý muž identifikovať vzory a rozpoznávať ich.

Presúvaním pozornosti sa mu niekoľkokrát podarilo s veľkou presnosťou predpovedať, kde sa tie nádherné farby objavia, kde sa ten stav skryje.

Mladý muž prehĺbil svoje snenie; zároveň cítil, ako mu ťažkne telo a ťažko sa mu dýcha.

Na takéto živé a krásne sny sa nedalo zabudnúť.

Ponoril sa do najhlbšej priepasti myšlienok a potom vyskočil do toho, čo malo byť dokonalým západom slnka.

Chcel robiť tie najbláznivejšie veci a možno si ráno na ten sen spomenie.

Potom sa mu zjavil obraz, ktorý až príliš dobre poznal a po ktorom jeho duša túžila už toľko mesiacov.

Bola to láska, ktorá mu chýbala, tá tvár, ktorú považoval za dokonalú a ktorá ho vždy rozosmiala.

Nebolo možné, aby zabudol na jej tvár; vtedy sa upokojil, lebo láska bola nad všetky ostatné možnosti.

Pre svoju veľkú lásku sa dokázal vzdať všetkého.

S touto myšlienkou sa sen rozplynul v rannom tichu.

Budík telefónu

Sotva počul budík telefónu, ktorý oznamoval, že sa začína ďalší pracovný deň.

Deň, o ktorom by na konci povedal, že sa mu nepáči; len myšlienka na to, že opäť sníva o všetkých tých konceptoch o digitálnych menách a nezávislosti od bánk, ho držala pri živote.

Chcel robiť viac než len mať stabilnú prácu, ktorú si tvrdo vydrel a z ktorej sa chystal odísť do dôchodku.

Nepochybne, mať niekoho, kto vám zaručí prácu do konca pracovného života, vám poskytovalo určitý vnútorný komfort; ale sedieť v tej istej kancelárii, s tými istými ľuďmi, do konca života sa mu zdalo skôr ako utrpenie.

Mladý muž chcel od života viac, chcel od seba viac, chcel sa posunúť na vyššiu výkonnostnú úroveň, nech už to pre neho znamenalo čokoľvek.

Chcel zmeniť svet a možno sa mu raz všetky tieto sny splnia.

Možno sa jedného dňa ľudia budú čudovať: Ako sa cítil muž, ktorý vytvoril prvú digitálnu menu? Aké boli jeho pocity a myšlienky? Bol smutný alebo šťastný?

Mladý muž sa vydal do práce svižným tempom, aby sa ochránil pred chladom, ktorý v tomto ročnom období začínal byť čoraz horší.

Vystúpil na stanici metra, kde sa už ľudia tlačili vo vagónoch. Ani si nevšimol, že automat neskenoval jeho vstupnú kartu.

Ponáhľal sa a pokúsil sa ísť ďalej, keď vtom pocítil, že mu cestu blokuje studená, nehybná kovová tyč.

Hoci jeho karta bola platná, systém nefungoval správne.

Nemal chuť sa s nikým hádať a kúpil si ďalší lístok.

Systém, o ktorom sníval, sa nezasekával.

Reťazec operácií by bol potvrdil celý systém.

Existovala by verejná účtovná kniha, kde by každý videl všetky transakcie.

Všetko by aktualizovali používatelia na celom svete.

Metro sa dalo do pohybu a mladý muž držal v ruke dokonale platnú prístupovú kartu, ktorú v to ráno nemohol použiť.

Jeho minca by bola lepšia ako táto.

Pracovníci metra mu mali zaručiť prístup do stanice na základe platnej karty, ktorú mal.

Mladík dodržal všetky pravidlá, kúpil si lístok, ale systém sa zrútil.

Nikto nepovedal, keď karta nefungovala, že mladík sa môže dostať dnu, "ručíme za neho".

Ale kto je to "my"?

To "my" je každý, kto každý deň jazdí metrom a vie, že má platnú kartu metra.

Táto myšlienka ho rozosmiala.

Karta metra

Keď vyšiel z metra, mladý muž zahodil jednosmerný lístok na metro, ktorý si kúpil v to ráno.

Nemal čas skúmať, prečo karta nefunguje, ani nevedel, koho má požiadať o inú kartu výmenou za tú nefunkčnú. Pravdepodobne by si musel kúpiť ďalšiu z automatu, ktorý predáva preukazy a lístky.

Cestou sa naučil, že ak karta nefunguje, spravidla zostáva chybná.

V duchu počul otcov hlas a opäť sa videl ako dieťa.

- Synku, veci treba upratovať a starostlivo ukladať, musíš dbať na to, aby sa nerozbili, lebo keď sa raz rozbijú, už ich ťažko opravíš.

Jeho otec mal vždy pravdu. Uchovával ryby v soli a tie sa nepokazili počas mnohých zimných dní, keď nechodil na ryby, lebo more mu už žiadne ryby nedalo.

Veci musel mať dobre premyslené, pretože keď ich raz musel uviesť do praxe, každá chyba by sa opakovala znova a znova.

Karta je prostriedok, pomocou ktorého má človek prístup na stanicu. Ale ako chcel vyriešiť problém prístupu k digitálnej mene?

Nápad prišiel z ničoho nič: jednoducho virtuálna peňaženka. Mladý muž opäť pocítil, ako sa jeho myšlienky zrážajú v búrke duše a mysle.

Aká bude táto virtuálna peňaženka? Bude podobná bankovému účtu a prostredníctvom nej bude môcť ktokoľvek nakupovať alebo predávať digitálnu menu.

Aby to bolo čo najpohodlnejšie, pre každú peňaženku budú existovať dva prístupové kľúče. Jeden bude verejný kľúč, prostredníctvom ktorého bude môcť ktokoľvek posielať mince. Na druhej strane súkromný kľúč bude slúžiť na overenie totožnosti ľudí, ktorí vlastnia digitálne mince.

Mladík prestal kráčať a oprel sa o budovu; akoby mu z pliec spadla ťarcha a on sa potreboval nadýchnuť, aby sa upokojil. Našiel riešenie problému, ktorý ho už nejaký čas trápil. "Mohlo by to byť jedno z riešení, aj keď nie najelegantnejšie," zamyslel sa mladík.

Toto riešenie nie je dokonalé, pretože ak niekto ukradne súkromný kľúč alebo používateľ kľúč stratí, potom bude jeho digitálna mena navždy stratená. Takto pravdepodobne prídu o mince milióny ľudí. "Aká je úloha kľúča?" spýtal sa mladý muž.

Ak máte dom, nezamykáte ho kľúčom, keď odchádzate?

Ak si zamknete dom, nemusíte si dávať pozor, kam kľúč položíte? Neprijímate bezpečnostné opatrenia?

Veď tí, ktorí budú opatrní a uložia si svoj osobný kľúč na viac ako jedno miesto, nebudú mať problém s prístupom k digitálnej mene.

Digitálna mena básne

Mladý muž chcel celý život napísať knihu, ale nikdy nemal odvahu to urobiť; myslel si, že to, čo má napísať, nebude nikoho zaujímať.

Na svete je veľa inteligentných a talentovaných ľudí; čo by mal povedať a urobiť, aby vynikol?

Vždy, keď ho napadli tieto myšlienky, mladíka to odradilo a cítil sa malý a nedôležitý.

Večer pred spaním si sľúbil, že jedného dňa naozaj urobí niečo dôležité, čo zmení svet.

Tento proces trval roky a on prežíval ten istý cyklus potláčania tvorby.

Zakaždým, keď cítil, že sa blíži k bodu, keď by mohol napísať výnimočnú knihu, knihu, ktorú by čítali tisíce ľudí, zablokoval ho strach alebo hanba, ktorú si nevedel vysvetliť.

Každý večer si išiel ľahnúť s prianím, aby na druhý deň našiel silu písať, ale nič významné sa nestalo.

V posledných dňoch však mladého muža zaplavila vnútorná sila; bolo to niečo, čo nikdy predtým necítil.

Zapátral hlboko vo svojej pamäti a našiel podobnosť s pokojom pred búrkou.

Toľko rokov sa skrýval v otáľaní a zbabelosti a teraz už nemal kam utiecť; búrka aj tak príde, či už na ňu bude pripravený, alebo nie.

Mala prísť búrka myšlienok a pocitov a vnútorné stavy sa mali rozbiť o útesy. Zo všetkej tejto vravy sa mala zrodiť séria nerýmovaných básní. Mladý muž cítil, ako sa vibrácie dvíhajú ako prúd, ktorý mu preteká nohami, ale skôr ako v pocitoch nastane poriadok, príde deštrukcia.

Roky vnútorného podmieňovania mu kázali celý proces oddialiť, ale nič z toho nebolo na ňom. Pôsobili sily mimo neho a nič a nikto ich nemohol zastaviť.

Chcel sa stať obeťou, ale nemohol a po prvý raz vo svojom vnútri našiel nový stav, ktorý identifikoval ako Odvahu.

Rozpoznal tento stav, ktorý v ňom bol vždy, ale bol prekrytý tenkou vrstvou iných pocitov. Oceľová socha odvahy vyleštená drobnou vrstvou zlata. Bol sochou zo zlata, keď 99,99999999 percent jeho hmotnosti tvorila oceľ?

Prvýkrát si uvedomil, že jeho štruktúra je iná; jeho chemické zloženie bolo železo - uhlík, zahriate na vysokú teplotu a potom kalené vo vode. Mal sa premeniť z feritu alebo austenitu...

Odkiaľ získal všetky tieto informácie?

Mladík mal v tom čase prístup nielen k informáciám z metalurgie, ale k všetkým druhom poznatkov. Začala sa búrka.

Inšpirácia

V noci sa niekoľkokrát prebudil zo stavu ťažkého snenia, v ktorom sa hádzal, vzdychal a krútil v posteli, a ráno ho našiel úplne vyčerpaného.

Jeho myseľ sa snažila dostať na breh, ako mu raz otec rozprával o boji s oceánom počas búrky. Niekoľkokrát vlny takmer prevrátili rybárovu loď, ale on ani na sekundu nestratil vieru. Keď sa vlny odrazili doprava, z celej sily sa vrhol doľava, aby vyvážil ich váhu.

Zúrivosť vôd mu vzala rybárske siete aj s ulovenými rybami; jediné, na čom teraz záležalo, bolo lano, ktoré mal uviazané okolo pása a pevne ho držal v ruke; vinulo sa ako had okolo svalnatej rybárovej ruky a druhou rukou ovládal kormidlo, driapajúce sa cez búrku. Motor člna stále bežal a vynášal ho na breh len na niekoľko galónov paliva.

Po príchode domov si rybár ľahol do malej dielne, mokrý ako lusk, tvrdo spal a zobudil sa ako novorodenec.

Mladý muž si to zapamätal, pretože mal otupenú myseľ a ťažkú hlavu, ale jeho telo bolo ľahké, zdalo sa, že váži len 30 kíl.

Keď si mladík uvedomil, že je taký ľahký, začal poskakovať po dome; myseľ sa mu vyjasnila, pretože búrka pominula.

Nepamätal si, čo sa mu snívalo, ale posteľná bielizeň bola pokrčená od toho stonania, utrpenia, ktoré sa v noci vykrúcalo.

Teraz sa cítil ľahký, lebo jeho nálada bola iná. Bol to stav blaženosti, o ktorom vedel, že ho nikdy predtým nepoznal.

Bolo to viac než šťastie, ktoré pociťoval, keď mu nežná Keiko s bohatými vlasmi položila hlavu na plece a povedala mu, že ho miluje. Vtedy sa cítil ako na obláčiku a hovoril si, že väčšie šťastie ani nemohol pocítiť.

Ale hľa, celá táto búrka myšlienok a pocitov urobila z tohto mladého muža šťastného človeka.

Snaží sa napísať, čo cíti, a bojí sa, že všetky tieto jedinečné pocity sa stratia, keď zazvoní telefón alebo keď za dverami počuje hladné mňaučanie mačky.

Nájde hnedý zápisník v koženej väzbe, ktorý dostal od spolupracovníkov.

Vtedy to bol úplne neinšpiratívny darček, ale hľa, vesmír mu tento darček pripravil práve teraz. Začal písať a čas sa začal zastavovať.

Básne digitálnej mince sa písali samé, stal sa kanálom, cez ktorý sa sťahovali informácie z vyššej úrovne vedomia.

Moja minca

Mladík sa zachvel inšpiráciou a jeho bytosť zaplavil stav nadvedomia. Konečne našiel niečo, čo ho reprezentovalo; celý stav stvorenia, ktorý zo strachu blokoval, sa teraz vynoril. Všetky tie roky túžby písať ho pripravili na tento jedinečný okamih. Takmer nedokončil písanie slov, keď v nepretržitom prúde rozvíjajúcich sa informácií prichádzali ďalšie.

Básne nadobúdali tvar, nepoškvrnené biele stránky denníka získavali farbu, v jednom momente mal mladík dojem, že už nepíše, ale kreslí písmenami.

"Moja minca je taká krásna, kreslím ju cez všetky tie myšlienky a to ma tak teší!"

Strana za stranou sa striedali slová, ale boli niečím viac, boli to skutočné mandaly plné farieb a života.

Z tohto neskutočne krásneho sveta ho vyviedlo zvonenie telefónu. Trvalo mu niekoľko sekúnd, kým si uvedomil, čo sa deje. Niekto mu volal z práce.

Nemalo sa stať aj to, že práve zmeškal prácu bez toho, aby o tom niekomu povedal!

"Tak či onak," povedal si mladý muž, "meškám len pár minút." Hodinky mu však ukázali, že už je čas obeda.

Kedy ubehlo toľko času? Z jeho pohľadu sa čas zastavil.

Niekoľko sekúnd počúval, ale ničomu nerozumel. Hlas prehovoril chrapľavým tónom a v istom momente ten hlas začal kričať. Prečo?

Projekt! Aký projekt? Dnes musel odovzdať dôležitý projekt. Áno, projekt bol na pamäťovej karte v jej taške. Taška bola na chodbe, všetko bolo pripravené, ale on bol stále doma.

Áno, niekto naňho kričal. Chystal sa vziať si taxík. Jeho minca by musela ešte chvíľu počkať. Teraz musel riešiť niečo naliehavejšie.

V taxíku sa mladý muž pokúšal vrátiť do svojho tvorivého stavu, ale nepodarilo sa mu to. Ten stav nadvedomia, ktorý prevrátil jeho vnútorné hodnoty a prinútil ho snívať vo vysokých kruhoch, sa vytratil.

Mladý muž zažil pocit nádherného ohňostroja, ktorý naplnil oblohu svetlom a farbami a na konci si ešte zachoval niekoľko stôp dymu.

Všetok ten dym je dôkazom veľkolepého vizuálneho predstavenia, ale je to len pozvánka na návrat domov, pretože predstavenie sa skončilo.

Mladý muž má za sebou stresujúci poldeň v práci a v ten deň sa nič dôležité nestalo. Dúfal však, že v práci nebude mať žiadne problémy a že to neovplyvní jeho kariéru; bolo to prvýkrát, čo meškal do práce.

Nový deň v práci

Na druhý deň sa mladý muž zobudil skoro ráno.

Rýchlo sa osprchoval a v kúpeľni si niekoľko minút zastrihával bradu.

Zdalo sa mu, že má čoraz viac bielych chĺpkov, ale zistil, že sa mu páčia.

Väčšina ľudí zosmutnie, keď si všimne, že čas ich míňa a prechádza.

Mladý muž si však myslel, že je čoraz múdrejší.

Niekoľkokrát sa pokúsil spomenúť si na stav nadvedomia, ale nepodarilo sa mu to.

Všetky obrazy, ktoré videl, boli v skutočnosti projekciami mysle.

Myseľ prikázala vytvoriť určitý obraz, ale všetko, čo v tých chvíľach zažil, pochádzalo zo srdca, akoby srdce malo vlastnú myseľ.

Ak poviete svojej mysli, že chcete vidieť obraz, predstavíte si, že stojíte pred umeleckým dielom, ktoré môžete obdivovať.

Toto umelecké dielo sa môže stať orientačným bodom vedomia a môžete ho zmeniť tým, že naň budete meditovať.

Mladý muž to však nechcel; chcel sa stratiť v nekonečných farbách, ktoré prichádzajú a odchádzajú vo vlnách a kde sa nestáva ničím viac a ničím menej ako konečným kúskom viacrozmerného obrazu.

"Všetky tieto pocity sú z duše," povedal si mladík, ale na úrovni pocitov sú aj informácie.

Túto informáciu môžete pochopiť len vtedy, keď sa všetkého vzdáte a odovzdáte sa láske.

Mladý muž si uvedomuje, že láska je komplexný pocit a že ju môže cítiť mnohými spôsobmi.

Jedným spôsobom miluje Keiko a druhým spôsobom cítil lásku deň predtým ku každému človeku, ku každej duši na tejto zemi.

Keď sa odtrhol od času, jediné, čo mu zostalo, bola láska, ktorá mu umožnila cítiť všetky tie stavy nadvedomia.

Mladý muž musel čakať na ten vrchol zážitku, ktorý by opäť vyvolal tú vnútornú búrku; vedel, že najbližšie dni budú veci pokračovať v rutine, ktorá sa už za tie roky ustálila.

Nemôžete rozkazovať duši, ale iba mysli; nech robíte čokoľvek, nemôžete spustiť tieto udalosti, pretože tie prichádzajú iba vtedy, keď sa otvorí brána vnútorných zážitkov a vnútorná prázdnota sa naplní láskou.

Celkovo mal byť dnešný deň dôležitý.

Možno mal byť po mnohých rokoch tvrdej práce a osobnej obety konečne povýšený.

Tvrdá práca, dlhé hodiny, vážnosť.

Možno práve tak stratil Keiko, ponoril sa do väčšej práce, chcel na ňu zapôsobiť a ukázať jej, že je viac než len rybársky syn.

Ale celá táto cesta bola veľa osamelosti, prepísanej vo svete pocitov obrovskou a intenzívnou prázdnotou, priepasťou.

Zvláštny oblek

Na deň propagácie bol mladý muž oblečený do svojho špeciálneho obleku. Bol to oblek, ktorý si kúpil pred šiestimi rokmi, keď nastúpil do firmy.

Bolo to úplné šialenstvo; tisíce mladých absolventov, ktorí sa pripravovali na vstup do zamestnania, mali dostať prácu na celý život. Roky štúdia na univerzite, dobré známky, ktoré získal, mimoškolské projekty a dobrovoľnícka práca, to všetko sa zhrnulo do práce, o ktorej by iní mohli len snívať.

Tisíce mladých ľudí oblečených v čiernych oblekoch prežívali jeden z najdôležitejších okamihov svojho života. Vstup do spoločnosti znamenal vstup medzi elitu a finančné zabezpečenie, aké má len málo ľudí na svete.

Za prvú výplatu si mladý muž kúpil nový oblek a starostlivo ho uložil do skrine. Mal to byť oblek, ktorý si oblečie v deň povýšenia.

Pozrel sa na seba do zrkadla a uvedomil si, že oblek, ktorý sa nenosil šesť rokov, je síce trochu nemoderný, ale napriek tomu klasický.

Mladý muž sa obliekol a pozrel sa do zrkadla. Za tie roky si túto chvíľu predstavoval stokrát, ak nie tisíckrát.

Vo sne bol obklopený kolegami; bol to moment po oznámení o povýšení.

Objednal si jedlo a požiadal šéfov o povolenie oslavovať s kolegami.

Malá oslava trvala aj po obede, ale nikoho to veľmi nezaujímalo.

Celý tím mu blahoželal, potriasol rukou a sem-tam priateľsky potľapkal po pleci.

Tento sen sa mu opakoval stále dokola, poznal ho naspamäť, v duchu poznal každý detail. Dokonca poznal aj tiene vtákov, ktoré prelietavali okolo sklenených stien budovy.

Potom by musel ustúpiť a ísť na terasu na najvyššom poschodí. Z tohto vyhliadkového bodu by pokojne popíjal najdrahšiu kávu, akú reštaurácia ponúkala.

V tú hodinu by bola terasa takmer prázdna a on by počúval zvuky mesta, ktoré ťažko dýchalo uprostred áut a krokov ľudí, ktorí sa spájali a rytmicky si ťukali. Počúval by ten rytmus, ktorý nazýval srdcom mesta. Mal právo počúvať ho z tej výšky budovy, ale aj z pozície, ktorú v spoločnosti získal.

Oblek mu už dokonale nesedel, prešlo šesť rokov a jeho telo sa zmenilo minimálne o veľkosť, možno o veľkosť a pol, ale keby sa postavil rovno a trochu napol brucho, nikto by si to nevšimol.

Bol čas na povýšenie... tá chvíľa!

Zasadnutie

Sedenie bolo dlhé a únavné a on sa cítil vyčerpaný po každom slove, ktoré tí okolo neho vyslovili, po každom otravnom tikaní hodín na stene.

Zasadacia miestnosť bola takmer plná a atmosféra bola dosť uzavretá a smutná.

Keby bolo na ňom, predsedovia by museli ísť rovno na jeho povýšenie a za päť minút by bolo po všetkom. Nakoniec to mal byť vrchol celého dopoludnia.

Namiesto toho sa schôdza predlžovala a predlžovala sériou grafov a radom nekonečných diskusií; recesia ich dosť zasiahla.

Všetci sa nudili a vyzerali byť ľahostajní. Vo všetkom bolo cítiť ospalosť. Jeho myseľ si v zlomku sekundy uvedomila, že sa chystajú veľké hospodárske a spoločenské zmeny.

V tej chvíli už mladý muž nemyslel na povýšenie, ale na stratenú generáciu, na celý rad študentov, ktorí skončili univerzitu a už nemali prácu. Firmy chránili tých, ktorí už boli na svojich pozíciách. Nemôžete zamestnancovi sľúbiť prácu na celý život, ak sa ho chystáte v určitom momente prepustiť s odvolaním sa na hospodársku krízu.

Preto si v minulosti spoločnosti radšej ponechávali existujúcich zamestnancov a obetovali generácie študentov, ktorí si nikdy nenašli prácu.

Na obzore sa na oblohe zbiehali sivé mraky; čakalo nás obdobie dažďa a zlého počasia.

Mladý muž pocítil paniku a nechápal prečo. On mal byť chránený pred všetkými týmito problémami a výzvami, ale čo sa stane s novými absolventmi, ktorí teraz dokončovali štúdium financií alebo obchodu?

Vlastne, pomyslel si mladík, čo bude s Keiko? Na tohtoročných absolventov čakalo množstvo výziev. Financie mali byť v nasledujúcich mesiacoch dosť náročnou oblasťou. Mnohí si nebudú môcť nájsť prácu alebo budú musieť prijať krátkodobé zamestnanie.

Ako si s tým Keiko poradí? Čo bude robiť sama v celom tom prívale, to nezvládne bez ohľadu na to, koľko má schopností. Dokáže ju ochrániť? Mal právo myslieť na jej blaho aj po tom, čo sa rozišli?

Čo keby Keiko mala nový vzťah? Mladík sa pri tejto myšlienke, ktorá ho tlačila na plecia, zastavil a prinútil sa skloniť hlavu. Nemal odvahu pokračovať v tejto myšlienke a po zvyšok sedenia rezignovane hľadel na podlahu.

Stretnutie dospelo do posledného bodu.

Teraz sa mal dozvedieť, či ho povýšia, alebo nie.

Nový vedúci tímu

Vedúci pobočky znudeným hlasom napokon oznámil jeho povýšenie; v miestnosti nastalo trápne ticho.

Na sekundu sa celá atmosféra zmenila na surrealistické tablo.

Zdalo sa, že povýšenie na novú funkciu necháva väčšinu ľudí v miestnosti v rozpakoch. Bolo to, akoby povýšili mimozemšťana, ktorý práve pristál z inej galaxie, a to by bolo prekvapenie univerzálnych rozmerov.

Namiesto radosti pocítil frustráciu. Chcel na všetkých okolo zakričať a pripomenúť im, koľkokrát im pomohol a podporil ich projekty. Nepamätali si, ako si našiel čas vo svojom nabitom programe, aby ich podporil a ocenil? Nezaslúžil si postúpiť na pozíciu vedúceho tímu?

Zdá sa, že nikto z neho nemal radosť.

Nový vedúci tímu si pripil banálnym pohárom lacného sektu, ktorý poskytla spoločnosť. Niekoľko ľudí k nemu pristúpilo a zablahoželalo mu, ale nebol si istý, či títo ľudia skutočne niečo povedali. Ich reč bola nezrozumiteľná, sotva vyslovili niekoľko gratulácií alebo niečo podobné.

Nebolo tam ani šampanské, v pohároch bolo šumivé víno, ako sen prežitý naopak: sen prežitý napoly.

Cítil sa podvedený, všetko okolo neho mu pripadalo nedocenené, vrátane jeho novej pozície vedúceho tímu. Nič z toho, čo si v duchu premietal, sa nenaplňovalo.

Aby bol spravodlivý, možno len samotné povýšenie bolo tým, čo si želal a predstavoval.

V tých chvíľach si želal, aby mohol ísť domov a zahodiť všetky knihy o osobnom rozvoji, ktoré prečítal a z ktorých si zvýraznil toľko citátov.

Zákon príťažlivosti, vizualizácia, mentalizácia, to všetko sa v tejto chvíli ukázalo ako veľký podvod. Nič z toho, čo čítal a aplikoval, sa nenaplňovalo.

Ležal v posteli a pred zaspaním si natáčal mentálny film. Venoval pozornosť každému detailu a nezabudol sa na veci pozrieť do detailov.

Vesmír mal pracovať pre neho a robiť ho šťastným, ale v poslednom roku prišiel o svoju veľkú lásku, pretože sa chcel sústrediť na kariéru.

Teraz, v tejto chvíli, si uvedomil, že všetko, po čom profesionálne túžil, bola len ilúzia, nechutná chiméra, ilúzia opitá lacnou parou sektu.

Ako sa mali ostatní radovať zaňho, keď sa on sám nedokázal radovať z vlastného úspechu?

Mladému mužovi chýbala láska; a to bolo vidieť, to sa prenášalo, to sa šírilo ako šepot, ako klebeta, ktorú očakávali závistlivci, ktorí sa samoľúbo usmievali.

Niekoľko pokojných dní

Všetko prešlo do prirodzeného, alebo lepšie povedané, do toho, čo sa zdalo byť normálne.

Veci sa začínali vracať do starých koľají.

Kolegovia začínali brať povýšenie ako samozrejmosť.

Všimol si, že nikto z nich nebol príliš šťastný,

Akoby ten mladý muž ukradol prácu niekomu inému,

Akoby do firmy nastúpil včera a dnes už bol povýšený.

Dlho premýšľal o tom, kde urobil chybu, alebo skôr, či naozaj niekde urobil chybu.

Úprimne povedané, mladý muž si to nemohol vyčítať.

Snáď len to, že pre povýšenie pracoval príliš tvrdo a zanedbával svoj osobný život.

Pri spätnom pohľade si uvedomil, že výsledok nestál za všetku tú prácu.

Cena, ktorú zaplatil, bola príliš vysoká.

Akosi sa nechal vtiahnuť do celej hry, do celej ilúzie, a dúfal, že jeho profesionálny rozvoj mu prinesie vytúženú rovnováhu.

Uvedomil si, že práve tým, že hľadal niečo, čo by ho vyvážilo, skončil život vo veľkej nerovnováhe.

Snažil sa pred niečím utiecť a skončil presne tam, kde sa obával.

Obetovať všetko kariére je móda, pre niektorých dokonca náboženstvo, lenže on bol synom rybára, pre ktorého bola rodina na prvom mieste.

"Tak prečo som to robil?

Prečo som odstrčil svojich priateľov a vzdal sa lásky?

Aké dôležité sú tieto šablóny a ako som v ne uveril?"

"Bol som hlupák," pomyslel si a ten vnútorný hlas ani nebol smutný. Jeho vnútorný hlas bol rezignovaný.

Niečo v jeho vnútri bolo múdrejšie ako vedomá myseľ.

Tiché dni zmizli, presúval sa cez deň, ale myseľ robila úlohy automaticky.

Hodiny plynuli a premietali sa mu priamo na tanier.

Mladý muž prišiel sedieť a rozjímať nad plným tanierom, ktorý ho nelákal, a jedlo už nechutilo rovnako.

Varil s veľkou chuťou a snažil sa dosiahnuť úpravu hodnú malej reštaurácie.

Vizuálne to bola paleta farieb, ktorá by každého zlákala, aby jedlo aspoň ochutnal, ak už nie skonzumoval do posledného zrnka ryže.

Teraz však vzal zrnko ryže a pozorne si ho prezrel. Koľko trpezlivosti si vyžaduje ryžovanie do zrnka ryže? Koľko hodín práce a prezerania musí vynaložiť rezbár na ryžové zrnko, kým vytvorí majstrovské dielo?

Ale keď ste sami, jedlo nechutí rovnako. Keď ste sami, ste to len vy a nikto iný okolo, a on potreboval lásku.

Reštrukturalizácia spoločnosti

Výsledky boli čoraz horšie, čísla nemohli klamať. Aj keď sa spoločnosti, pre ktorú pracoval, doteraz celkom darilo, ekonomické prostredie sa spomaľovalo a to teraz ovplyvňovalo aj ich.

Pred niekoľkými mesiacmi bola nálada pozitívna, teraz bolo v kancelárii menej usmiatych tvárí.

Všetci dúfali, že ekonomické problémy pominú, ale nestalo sa tak, naopak, v poslednom čase sa situácia komplikovala.

Aby spoločnosť nemusela prepúšťať zamestnancov, stále znižovala rozpočet - určite sa nechystalo prijímanie nových zamestnancov. Iné spoločnosti začali s nesmelým programom prepúšťania zamestnancov. Správy sa šírili pomerne rýchlo a prepustení neboli ani najstarší, ktorí mohli ísť do predčasného dôchodku, ani poslední zamestnanci; bola to panika a spoločnosti robili, čo mohli, aby sa udržali nad vodou.

Ich spoločnosť sa snažila skrátiť pracovný čas o 3 hodiny, ale zamestnanci naďalej zostávali v práci aj po riadnom pracovnom čase, hoci nedostávali mzdu. Nikto nechcel odísť po 15. hodine, všetci odchádzali ako zvyčajne po 20. hodine.

Vedúci pobočky navrhol, aby sa zamestnancom, ktorí nechceli odísť po skončení pracovného času, ponúkla možnosť zostať v inštitúcii, ale len ak absolvujú sériu školení.

Konferenčná miestnosť sa zaplnila zamestnancami, ktorí boli povzbudzovaní, aby rozvíjali svoju kreativitu. Mladý muž sa tiež zúčastnil na niekoľkých konferenciách, ale jeho nadšenie sa zrazu rozplynulo už po dvoch či troch dňoch. Nechystal sa nič naučiť, bol to len spôsob, ako sa ostatní snažili prehnaným spôsobom ukázať svoju lojalitu k spoločnosti. Sedieť päť hodín na stoličke a počúvať sériu fráz neznamenalo, že ste lojálni alebo že sa určitým spôsobom rozvíjate.

Nehodlal tráviť toľko hodín týždenne na stoličke a sledovať, ako mu vedúci pracovníci spoločnosti prednášajú detinské reči.

Našiel si nejaké dizajnérske kurzy, kurzy pre tých, ktorí už absolvovali univerzitu, nazývali sa univerzitné nadstavbové kurzy; požiadal teda riaditeľa o povolenie a na jeho prekvapenie mohol odísť o tretej popoludní.

Začínalo to byť preňho výhodou.

V priebehu niekoľkých dní si tak zvykol na rozvrh hodín, že sa už nevedel dočkať, kedy skončia úradné hodiny a on bude môcť utekať na univerzitu.

Inflácia si začínala vyberať svoju daň, ale bolo mu to jedno, kým sa jeho myseľ zaoberala novou digitálnou menou,

Ekonomická situácia bola len časový rámec, ktorý pominie.

Jeho digitálna mena mala hodnotu miliárd a miliárd dolárov.

Mladý muž bol rozzúrený

Už niekoľko dní bol frustrovaný a premýšľal, aké je riešenie celej tejto ekonomickej krízy.

Ako sa to všetko mohlo stať?

Prečo malo toľko nevinných mladých ľudí prísť o prácu?

Prečo táto kríza postihuje tých, ktorí chcú riadne pracovať?

Mnohí hovorili, že manažéri bánk, ktorí všetky tieto ekonomické problémy začali, sú teraz na dovolenke po tom, čo tesne pred hospodárskou krízou pobrali prémie.

Napísali prvé akordy zložitého hudobného diela; ďalej sa bude každá nota písať sama podľa rytmu, ktorý vesmír pozná.

Vlády otvorili štátnu pokladnicu a splatili dlhy bánk a kríza pokračovala.

Ekonomika krajiny mala prejsť krízou, a to znamenalo, že sa už nebude zamestnávať.

Opäť by chýbala jedna generácia, opäť by státisíce mladých ľudí skončili doma na úkor svojich rodičov.

Každá nová kríza mala vytvoriť sociálnych nešťastníkov, ktorí sa učili a tvrdo pracovali, aby sa stali lepšími a lepšími, a teraz by ich najbližších niekoľko rokov nikto nezamestnal.

A to všetko len preto, že banky poskytovali lacné pôžičky alebo ktovie čo ešte robili. V takejto situácii nie je len jeden vinník, každý v systéme nesie malý diel viny.

Musel nájsť riešenie všetkých týchto problémov.

Jeho digitálna mena všetky tieto nedostatky vyplní;

Túto menu nikdy nebude vlastniť banka.

Jeho digitálna mena nebude prechádzať cez banky a bude mať vlastnú výrobnú a distribučnú sieť online.

V tej chvíli pociťuje mimoriadny vnútorný stav.

Cíti sa spokojný s odpoveďou, ktorú našiel, a stav hnevu sa mení na stav radosti.

Na tvári sa mu rozhostí zvláštny úsmev.

Toto by bola lekcia, ktorú by naservíroval bankám, on, obyčajný mladý muž, by im dal tvrdú odpoveď.

Manažéri bánk, ktorí dostali od vlády všelijaké dotácie, ani nebudú vedieť, čo majú čakať.

Trh túžil nakupovať digitálnu menu, aj keď ešte nikto nevedel, čo to je.

V momente, keď sa táto mena objaví, otvorí sa pre trh úplne nová dimenzia, ktorá by mohla uchmatnúť bilióny dolárov.

Pri najbližšej hospodárskej kríze budú mať ľudia svoje úspory uložené v digitálnej mene.

Pri ďalšej hospodárskej kríze bude jej digitálna mena schopná podporiť investorov a ochrániť ich peniaze.

Jeho digitálna mena bude ďaleko od každej vlády a banky na svete.

Zákon príťažlivosti

Získať povýšenie bolo jeho najväčším želaním.

Ako študent z vidieka, syn rybára, nemohol pre svoje okolie predstavovať žiadne nebezpečenstvo, preto sa naňho vždy pozerali zvrchu, dokonca ním opovrhovali.

Preto sa mladík usilovne učil a stále sa zlepšoval, takže sa mu podarilo prejsť pohovormi a nájsť si skvelú prácu vo firme, v ktorej pracoval šesť rokov.

Mnohým ľuďom, ktorí sa mu smiali, sa nedarilo tak dobre, a to mladého muža povzbudilo, aby vytrval.

Vybudoval si vnútorný stav, bol to konkrétny stav, ktorý si vizualizoval: stav vnútornej sily a odvahy.

Tento stav prežíval vopred už šesť rokov. Prečítal si knihu o zákone príťažlivosti a v nej sa písalo, že ak si vizualizujete seba samého v budúcnosti, potom si budúcnosť priťahujete k sebe.

Jeho knižnica sa zapĺňala ďalšími a ďalšími knihami o osobnom rozvoji, ale kniha o zákone príťažlivosti bola jeho obľúbenou.

Tá kniha sa preňho stala referenciou, čítal ju stále dokola; viaceré pasáže si podčiarkol a skopíroval na kartičky, ktoré si čítal v metre.

Mnohí by si mohli myslieť, že je to nejaký oneskorený študent, ktorý má skúšku a na poslednú chvíľu si stále opakuje skúšobnú látku, ale on bol stály vo svojej vízii a vedel, že jedného dňa príde povýšenie, ktoré vnímal ako krok na novú profesionálnu úroveň.

Všetky skúšky boli preňho dôležité; najdôležitejšie bolo, že sa dostal do tejto spoločnosti a že on, skromný študent, uspel tam, kde iní s oveľa väčšími nárokmi nie.

Teraz sa pripravoval na ďalšiu skúšku, aspoň si to vtedy myslel, a tá skúška sa volala profesionálny postup.

Predstavoval si, že keď sa stane vedúcim tímu, vnútorne sa usadí.

Búrka na otvorenom oceáne by utíchla a vysoké vlny by sa tiež upokojili. Mohol by sa pozerať na východ slnka nad nekonečnou hladkou vodnou plochou, na obzore by neboli žiadne vlny.

Vtedy, v tej chvíli, by bol šťastný; vtedy by náhodou opäť stretol svoju veľkú lásku.

Povedal by jej, že ju miluje, a ona by mu odpustila. Bude jej rozprávať o svojich profesionálnych úspechoch a ona sa bude smiať a povzbudzovať ho.

Ale nič z toho sa nestalo. Zákon príťažlivosti pôsobil brutálnym spôsobom. Stal sa malým šéfom nad svojimi kolegami, ale jeho vnútorný svet sa zmenil inak, ako očakával.

Akoby mu duch v lampe splnil želanie, ale nakoniec mu do cesty postavil prekážku, aby sa z neho nemohol tešiť.

Duch zmenil jeho vnútornú architektúru tak, že si nemohol vychutnať veľké uskutočnenie, na ktoré čakal šesť rokov.

Cítil sa vnútri prázdny

Nesmierna prázdnota, nekonečná prázdnota, neprekonateľná, chladná a cudzia, napĺňala jeho dušu.

Nedokázal si všetky tieto pocity vysvetliť

Každý deň si budoval ten mentálny film, tvrdohlavo sa snažil nepremeškať chvíľu, keď sa v mysli videl naplnený a šťastný.

Jeho myseľ sa s týmto stavom nedokázala zmieriť, za normálnych okolností nemal dôvod cítiť sa takto.

Dosiahol, čo chcel; dokázal sa z tohto úspechu tešiť niekoľko minút, ale potom sa všetko vrátilo do normálu.

Stálo to za všetko to neustále úsilie počas stoviek dní, len pre pár minút domnelého šťastia?

Duša prevzala kontrolu nad celým systémom; duša velila a plávala na lodi celého tela cez hmlisté rána.

Pocity vyhrali boj s myšlienkami.

Jeho pocity boli silnejšie ako akýkoľvek argument; dokonca aj vzduch, ktorý dýchal, už nebol rovnaký.

Jeho vnútorné stavy zmenili vnímanie vonkajších prvkov; voda už nechutila rovnako a jedlo bolo len povinnosťou, ktorú musel dodať svojmu fyzickému telu.

Jeho nervové spojenia zostali zamrznuté v tom nereálnom filme a jeho duša horela ako samostatná entita.

Šesť rokov čakal, kým stratí vnútornú rovnováhu tým, že bude pracovať tvrdšie ako ostatní; celý ten čas čakal, kým ju odstrčí a stratí svoju lásku, Keiko.

V tej chvíli si uvedomil, že žije v lži.

Mal dať prednosť svojmu srdcu; spoločnosť, v ktorej žil, bola vzdialená pravde a rovnováhe.

Cítil sa odľudštený a smutný; pre nevinnú dušu, ako bola jeho, si stanovil príliš vysoký cieľ.

Aby uspel tam, kde mnohí iní, musel byť mladý muž dravým vtákom, ale on sa uspokojil s tým, že je obyčajný sivý vrabec.

Nemal ten vnútorný materiál, ktorý by ho premenil na orla, nech sa snažil akokoľvek, a po prvý raz to plne pochopil.

Chýbali mu vlastnosti vodcu, ale jediné, čo ho odlišovalo, bola jeho vízia: digitálna mena by sa nezrodila, keby sa v ňom nezačal zložitý proces analýzy.

Myšlienka digitálnej meny sa zrodila ako protiváha lásky, ktorú si nevedel udržať pri srdci.

Musel by si vybrať dušou a teraz by sa jeho úsmev rozšíril za hranice známeho vesmíru:

Kde nie je čas ani priestor.

Veľká prázdnota

Utešovalo ho, že ten povznášajúci stav zažil pred niekoľkými dňami. Bol tam, na tom mieste, ktoré mohol ľahko identifikovať, cítiť a spoznať.

Bolo to jedinečné miesto, na ktoré čakal celý život, a všetko, čo v tom priestore cítil, bolo nové a nádherné.

Vtedy si mladý muž uvedomil, že tento svet je pominuteľný a že jediné, na čom záleží, sú vnútorné stavy.

Všetky tie stavy, ktoré myseľ nedokáže vysvetliť, ale ktoré duša dokáže naplno obsiahnuť.

Napriek tomu sa nedokázal vzdať svojej veľkej lásky, Keiko, bez ohľadu na to, ako veľmi sa odpútal od tohto sveta.

Jej meno bolo ako tetovanie na jeho duši a on ho nemohol a nechcel odstrániť.

Mladík si pomyslel, že Keiko je možno už súčasťou tohto projektu a neoddeliteľnou súčasťou digitálnej meny.

Keď zavrel oči, všetko sa mu zatmelo, ale nebál sa a necítil nič zlé; len obrovský pokoj, ktorý mu vynahradil všetky tie posadnuté myšlienky a zlé pocity.

Vo veľkej tme našiel inšpiráciu pre svoj nový projekt.

Na tom mieste sa musel vyzliecť, musel sa vzdať svojej profesie, svojho náboženstva a svojej osobnosti.

Keď sa mladý muž pozrel na seba, nebol už ničím, čo poznal, bol novým človekom, odpútaným od každodenného života a podmienenosti rokov.

Veľká tma, miesto, kde sa všetko zrodilo a kde ešte nič nie je, ho fascinovala.

Na sekundu sa mladíkovi zdalo, že všetko okolo neho je len energia a tá môže preniknúť ako inšpirácia do jeho mysle a duše.

Už sa nemusel skrývať pred ostatnými, pretože všetky spomienky boli vymazané a on sa cítil ako znovuzrodený.

Zabudol na čas; v skutočnosti mal čas tendenciu stať sa nekonečným a mohol sa k nemu dostať z ktoréhokoľvek okamihu: mohol cestovať do budúcnosti alebo si predstaviť sám seba v rôznych okamihoch svojho detstva, ale rozhodol sa zostať v prítomnosti.

Mladíka najviac šokovalo, že mal pocit, že na tomto mieste všetky veci koexistujú.

Vo veľkej tme boli tisíce digitálnych mincí, ale predovšetkým tam bola jeho minca.

Odtiaľ, z toho miesta, prichádzali informácie ako šepot, najprv slová neboli jasné.

Tu a tam sa mu podarilo rozpoznať výraz, ale keď tam zameral svoju pozornosť, informácie sa začali prejavovať vo všetkých svojich podobách - sluchovej, zrakovej a kinestetickej - ako veľkolepé holografické predstavenie, ktoré cítilo a počulo celé jeho telo.

Bol to okamih, keď mladý muž dokázal stiahnuť informácie o digitálnej mene z toho priestoru, ktorý nazýval Veľká prázdnota.

Trip

Chcel navštíviť Európu,
Chcel odviezť Keiko preč.
Bol na dva dni v Škótsku na školení s kolegami z kancelárie.
Bol to intenzívny kurz a on nemal čas veľa vidieť. Až večer sa mu podarilo vyjsť von a vychutnať si malebné staré mesto.
Edinburgh bol v noci nádherný,
prehliadka pokoja a pocitu slobody,
ďaleko od šialeného sveta, v ktorom žil.
Veľká metropola pohlcovala kúsok po kúsku jeho dušu.
Bolo to niečo, čo si človek neuvedomí hneď, Zvykne si na nový stav a ten sa začne stávať jeho súčasťou.
Už ho nevnímate, pretože je stále vo vás, vdychujete a vydychujete ten stav, až sa s ním stotožníte.
Tento stav sa stane vašou vnútornou realitou, okuliarmi, cez ktoré vidíte svet, a ak majú tieto okuliare farebné sklá, vidíte svet v tejto farbe.
Sľúbili si, že sa budú spolu prechádzať a strácať v úzkych uličkách, držať sa za ruky a fotiť sa cestou k hradu na kopci.
Zastaviť sa v malej reštaurácii, vypiť si kávu s rôznymi príchuťami a šťastne sa zasmiať.
Chceli objaviť nové vášne a pocity, ďaleko od bláznivého sveta, v ktorom každý deň hrali tú istú úlohu.
Ďaleko od myšlienky, že sú len bábkami, ktoré ovláda šikovný bábkar.
Ten výlet mal stáť veľa peňazí, pretože nechceli zostať len dva dni.
Chceli stráviť aspoň dva týždne a navštíviť múzeá a galérie v Glasgowe a potom sa stratiť v malebných škótskych mestách Aberdeen a Inverness.
Po návrate chceli hľadať Lochnesskú príšeru; keďže boli synmi rybára, mohli by aspoň zahliadnuť jej majestátny tieň na dne jazera.
Začal šetriť, aj po rozchode s Keiko naďalej šetril všetko, čo neutratil.

Už dlho si nekontroloval stav účtu, a keď to urobil, bol ohromený. Mal peniaze na to, aby mohol zostať doma niekoľko mesiacov. Teraz stál mladý muž pred dôležitým rozhodnutím:

Čo bude robiť?!

Mal by naďalej chodiť do kancelárie obklopený všetkými tými kolegami, ktorých nemal rád a s ktorými sa cítil nepríjemne, alebo by rezignoval a premýšľal o digitálnej mene?

Po niekoľkých minútach premýšľania urobil toto rozhodnutie srdcom, nie rozumom.

Končila sa ďalšia kapitola jeho života. Povedal si to:

"Keď sa jedny dvere zatvoria, iné sa pred tebou otvoria!"

Usmial sa a zavládol v ňom pocit pohody.

Stratené ráno

Dnes bol oficiálne voľný deň, ale firma si zvyčajne našla najrôznejšie výhovorky, aby zamestnancov povolala do práce. Tentoraz však manažéri rozhodli, že ľudia by mali zostať doma. Veci sa menili, svet, v ktorom žili, sa rýchlo menil.

Nikto nemal zaručenú prácu na celý život, všetko kolísalo podľa pravidiel, ktoré sa tiež menili s prehlbujúcou sa krízou.

Pre neho to bol skvelý čas, aby sa pokúsil dostať na to miesto, kde už na čase nezáleží.

V poslednom čase veľa premýšľal a uvedomil si, že mu chýba ten pocit oslobodenia, ten stav nekonečnej vzletnosti.

V tom vznášajúcom sa okamihu sa všetko zdalo možné, dokonca aj nájsť cestu späť k svojej veľkej láske a získať Keiko späť.

Bola to chvíľa, keď pociťoval absolútnu pohodu.

Keď dosiahol tento vnútorný stav, dokázal počúvať kvapky dažďa, ktoré sa rozbíjali o parapet doširoka otvoreného okna.

Všetky tie zvuky sa zmenili na Božský koncert, v ktorom sa každá kvapka stala čarovným nástrojom.

Jeho bytosť cítila, že žije v tomto hlbokom stave inšpirácie.

Bol to stav, ktorý vychádzal z jeho vnútra; nebolo to ničím vyprovokované, ale všetko, čo cítil, očakávala jeho duša a myseľ, ktoré sa zrazu spojili a zharmonizovali do jednej vibrácie.

Každý zvuk sa potom zosilňoval a odrážal sa za hranice známeho vesmíru, za hranice času, do viac než dokonalého sveta.

Všetky tieto tóny sa skladali a znovu skladali do nekonečných symfónií podľa tajných rytmov vesmíru.

V skutočnosti nebolo nič skryté, ak ste sa trochu snažili, mohli ste tieto rytmy všade okolo seba rozpoznať.

Ako tieto rytmy a vibrácie vznikali, je nad naše chápanie, aj keď sa zdajú jednoduché, ľahko dosiahnuteľné a použiteľné.

Ale v toto ráno bola inšpirácia ďaleko, ako loď, ktorá vyplávala na more v deň, keď rybár vedel, že sa vráti s prázdnymi sieťami.

Ale každý rybár do poslednej chvíle dúfal, že nájde kŕdeľ rýb, dúfal do posledného lúča slnka, a ak sa mu to nepodarilo, sľúbil si, že sa vráti za úsvitu a bude pokračovať.

Takto sa v tých chvíľach cítil aj on.

Chýbala mu láska

Aj keď si to nechcel priznať, Keiko mu chýbala.

Chvíľu si popieral akékoľvek city.

Mladík sa vyzbrojil veľkou silou vôle a vydal sa na túto cestu popierania; chcel byť silnejší ako jeho city, jeho myseľ mala byť tvrdšia ako jeho duša.

Chvíľu celá táto stratégia, ktorú si mladík osvojil, fungovala, ale teraz sa zdalo, že celému súkolesiu došlo palivo.

Už nedokázal nájsť vnútornú silu, ktorá by mu pomohla poprieť svoju lásku; ba čo viac, začal sa na všetko sťažovať.

Po mesiacoch, keď si gratuloval, že je veľmi silný, sa teraz cítil bezmocný; prázdnotu v duši, ktorú mladý muž pociťoval, nemohlo vyplniť nič.

Hoci vesmír je mimoriadne chladné miesto, blízke absolútnej nule, v jeho srdci všetko vrelo.

Aj keď je zemská kôra prívetivým a obývateľným miestom, hlboko v jadre Zeme je niekoľko tisíc stupňov.

Oheň lásky každým dňom naberal na intenzite a tento oheň sa nedal ľahko uhasiť.

Priateľský rozchod, to bolo všetko, čo si želal.

Chystal sa sústrediť na svoju kariéru, možno prečo nie, spoznať ďalšie dievčatá, ktoré by mohol milovať.

Takto uvažoval pred niekoľkými mesiacmi, Keiko bola občas ťažká, náladová a možno až príliš osobná.

Mladík si pomyslel, že keby zasiahla vzdialenosť, city by samé vyprchali ako silný dážď.

Ten prívalový dážď mal prekonfigurovať architektúru jeho citov a ponechať priestor na nové usporiadanie, ale veci sa tak nevyvíjali.

Až keď Keiko už nebola s ním, začal sa mladý muž cítiť čoraz osamelejší a nešťastnejší.

Skúsil spoločnosť iných dievčat, ale žiadna z nich nebola taká dobrá ako ona, alebo si to aspoň myslel.

Tá silná búrka neprichádzala, bolo len niekoľko škrabajúcich kvapiek dažďa a on, skúsený rybársky syn, cítil búrku skôr ako ktokoľvek iný. Vedel ju rozpoznať skôr, ako sa na oblohe objavil prvý mrak, ale teraz boli mraky ďaleko.

Tento požiar by ho spálil zvnútra, pretože Keiko, jeho veľká láska, mu strašne chýbala.

Vyhľadal by ju a prosil o odpustenie, ale odpustila by mu?

Je jeho milovaná sama, alebo našla útechu v náručí iného muža, oveľa lepšieho a oveľa silnejšieho, než je on?

Keby mal čo len najmenšie tušenie, utekal by v tejto sekunde; našiel by ju o niekoľko blokov ďalej a padol by jej na kolená a prosil ju, aby mu odpustila.

Ale čo ak celý tento impulz nebol ničím iným než ponížením?

Videl ju na ulici

Bol večer a mladý muž sa vracal z kancelárie; cítil sa vyčerpaný po celodennej práci, v ktorej nenašiel takmer žiadny pozitívny výsledok.

Jediné, na čo dokázal myslieť, bolo dostať sa domov, dať si horúcu sprchu a pozrieť si film.

Potom by zaspal, televízor by sa vypol a on by na všetko zabudol.

Zdalo by sa mu, že lieta, tak ako kedysi, keď bol malý.

Najprv by musel bežať čoraz rýchlejšie a potom by začal skákať niekoľko metrov.

Tie skoky ho poháňali stále vyššie a vyššie a onedlho sa už vznášal nad stromami a domami a lietal.

Nikdy sa nezamýšľal nad tým, ako dokáže ovládať svoj smer, ale robil to inštinktívne, mentálne, akoby každý človek mal hlboko v sebe výkonný navigačný systém, svoj vlastný gyroskop.

Zabratý do týchto myšlienok mladík zbadal siluetu a v sekunde ju spoznal.

V nasledujúcej sekunde pocítil, ako sa mu náhle zastavil dych. Jeho prvým impulzom bolo utiecť, ale tým by na seba upútal ešte väčšiu pozornosť; Keiko bola len pár metrov od neho.

Láska jeho života bola tak blízko neho!

V okamihu paniky sa schoval za pouličný bilbord po svojej ľavici. Bol to svetlý bilbord vedľa autobusovej zastávky.

Bola to najinšpiratívnejšia voľba, aby nevrazil do Keiko, ktorá stále kráčala a niečo si prezerala v telefóne.

S úľavou si vydýchol, že si ho Keiko nevšimla; kým zdvihla zrak od telefónu, mladík bol prilepený na billboarde.

Nevedel by, čo jej má povedať, a keby ju ignoroval a jednoducho prešiel okolo nej, mrzelo by ho to.

Určite by nezaspal noc s výčitkami svedomia, pretože by sa s ňou chcel porozprávať a nenechať ju s dojmom, že ich láska nestojí za nič.

Mnohokrát ju hľadal v dave a túžil ju zahliadnuť.

Mnohokrát ho napadlo, že sa s ňou na pár minút porozpráva a potom sa priateľsky rozíde, ale teraz bol mladý muž úplne odhalený.

Celá táto únava a potom aj snový stav a spomienky na sny, v ktorých lietal nad mestami a kochal sa nádhernými výhľadmi, ho odpojili od reality.

Všade okolo neho sa zdalo, akoby všetci kráčali telegraficky, a on sa len zachytil v tej reťazi ľudí idúcich jedným smerom, ako prúd riadený červeným alebo zeleným svetlom semaforu.

Z tohto prúdu sa prebral ako po studenej sprche.

Mladík cítil v tele adrenalín a jeho myseľ bola jasná a čulá.

Srdce mu búšilo a v ústach cítil prebytok slín, ktoré sa snažil prehltnúť.

Na centimetre vzdialený od svojej lásky

Mladík zostal ohromený, tvár pritlačenú k bilbordu.

Prešlo niekoľko sekúnd, kým si uvedomil, že jeho líce je na skle studené a že druhé líce páli ako oheň.

Prudko sa nadýchol a zadržal dych, keď Keiko prešla len pár centimetrov od neho.

Hľadala niečo na svojom telefóne, pravdepodobne reštauráciu alebo stánok, kde by si mohla kúpiť večeru.

Mladík na sekundu pocítil hlad, akoby už týždne nemal chutné jedlo.

Ucítil jej diskrétnu vôňu a na sekundu prežil celý ich príbeh lásky.

Tá vôňa mladého muža obklopí a premietne ho z jeho tela do dokonalého sveta.

Keby mohol, hneď vtedy by ju požiadal o odpustenie. Potom by spolu išli do reštaurácie a dali si večeru, ako to často robili.

Na konci by si dali kávu a začali by sa rozprávať ako dvaja priatelia, ktorí sa roky nevideli.

Tesne pred odchodom by jej povedal o svojom novom povýšení a ona by mu zablahoželala a ktovie, možno by ho aj pobozkala na líce.

Na konci, keď ju odvážal domov, by jej povedal, že on a jeho digitálna mena zmenia finančný svet.

Neverila by mu a jemne by sa zasmiala, ale on by jej sľúbil, že nabudúce jej povie o všetkých svojich plánoch.

Zatiaľ čo sníval, s tvárou pritlačenou na chladné sklo, Keiko sa vzdialila a stratila sa v dave.

Našťastie nekonečný prúd ľudí prešiel ako prúd, bez toho aby si to niekto všimol.

Nikto si nevšimol jeho chvíľku slabosti, strachu a nádeje spojenú do jedného slova: ona!

Mladík vyšiel spoza panelu a zrýchlil krok; dobehol Keiko, ale udržiaval medzi nimi vzdialenosť len niekoľkých ľudí.

V čiernom obleku sa úplne strácal v krajine v mori čiernych oblekov a ľudí, ktorí mlčky kráčali k miestu, kde mali čakať na ráno, aby sa opäť začal ten istý kolobeh: zobudiť sa, pracovať, zobudiť sa, pracovať...

Celé toto more ľudí v oblekoch mu zrazu pripomenulo reťaz mravcov, ktorú pozoroval ako dieťa, keď sa hrával na dvore.

Tento rad sa každú chvíľu náhle zastavil na semafore, zopár sa ich pozeralo hore, či sa farba mení na zelenú.

Iba tí v prvom rade sa občas pozreli na svetlo, ostatní sa len nechali unášať prúdom.

Aj on sa nechal uniesť, ale jeho semaforom bola Keiko; nútila ho zastaviť alebo sa rozbehnúť iným tempom ako dav kravaťákov.

Vesmír sa zastavil na mieste

V ten večer sa vesmír bizarným spôsobom zmenil,
Čas pre mladého muža už neplynul rovnako.

Mal pocit, akoby sa mu všetko vymklo spod kontroly a on
nekontrolovateľne korčuľoval v rytme svojho srdca, niekedy príliš rýchlo
a niekedy príliš pomaly, snažiac sa nenaraziť na jedinú konštantu v celom
tom surrealistickom obraze - Keiko.

Nasledoval ju do polovice cesty, potom sa zahanbene zastavil na
mieste a nechal sa zrážať a pohlcovať vlnami ľudí v oblekoch, ktorí
nechápali, prečo by mal niekto zastaviť na mieste.

Na semafore svietila zelená.

Pokúsil sa urobiť ešte niekoľko krokov, ale nohy mu ťažkli; v tom čase
mal mladík pocit, že sa vznáša, a jeho chôdza bola prirodzená. Cítil sa
ako satelit obiehajúci okolo planéty.

Bol tam, v blízkosti lásky; uchvátila ho a pritiahla neuveriteľná sila
lásky ku Keiko.

Mladík cítil, že nie je správne takto ju prenasledovať a že je to pod
jeho dôstojnosť, a v tých chvíľach jeho nohy prestali poslúchať príkazy
mysle.

Bolo to ako v tej chvíli, keď družica opustí gravitačné pole planéty.
Mal asi dvanásť rokov, keď so školou navštívil Národné astronomické
observatórium. So školou navštívil niekoľko múzeí a na poslednú
návštevu sa tešil najviac.

Pamätal si ten okamih, akoby sa stal pred niekoľkými sekundami.
Ticho sedel, kým sprievodca nedovolil deťom klásť otázky.

Položil najviac otázok a v jednom momente sa naňho ostatné deti
pozreli so zlomyseľnosťou a závisťou.

Jedna z otázok sa týkala odpútania satelitu od príťažlivého poľa
planéty.

Sprievodca sa naňho so záujmom pozrel a rýchlo vysvetlil o tomto
jave, zatiaľ čo ostatné deti kráčali k východu, kde čakal autobus.

Jednou z jeho detských obáv bolo, že sa Mesiac vzdiali od Zeme, stratí sa niekde v slnečnej sústave a stane sa malou, slabou bodkou. Ak by sa to stalo, ako by sa rybári dostali v noci domov? Áno, teraz už vedel, že tento jav sa nazýva gravitačný let. Družica sa odpojí a vydá sa na vlastnú cestu slnečnou sústavou. K tomuto odpútaniu dochádza po stovkách miliónov rokov, čo je vo vesmírnom meradle dosť málo.

Začal utekať domov, obchádzajúc more ľudí, ktorí sa pohybovali v jednom šíku ako obrovský kŕdeľ rýb, alebo skôr celé to more ľudí obchádzalo jeho, mladého muža.

Bol satelitom odtrhnutým od obežnej dráhy a jeho let bol gravitačný; snažil sa uniknúť všetkým myšlienkam a pocitom, cestoval vesmírnou prázdnotou.

Básne uviaznuté v duši

Pokúšal sa písať, ale podarilo sa mu len načmárať nezmyselné slová.

Myšlienky boli mimoriadne jasné, poznal ich a dokonale im rozumel, ale nedokázal ich vyjadriť, nemal jazyk, ktorý by mu to umožnil.

Mladík si uvedomil, že básne uviazli v jeho duši a že láska, ktorú potláčal ku Keiko, spôsobila, že nedokázal vyjadriť svoje hlboké myšlienky.

Básne museli vyplávať na povrch, tak ako sopka, ktorá zhromažďuje toľko tlaku a vnútornej energie, musí raz vybuchnúť.

Výbuch myšlienok a pocitov, ktoré sa v ňom nahromadili, nič a nikto nezastaví.

Sila, ktorú cítil, bola kolosálna, bola ako atómová elektráreň schopná zásobovať niekoľko miest elektrickou energiou niekoľko dní a nocí.

Kľúč však nemal pri sebe, cítil sa neschopný celý proces spustiť a niekto iný musel celý proces odomknúť od neho.

Keiko však bola ďaleko.

Dokonca aj v tú noc, keď ju náhodou uvidel, mal pocit, že je milión kilometrov ďaleko.

Mladý muž ju cítil chladnú a bezcitnú, tú, ktorú tak veľmi miloval.

Všetky myšlienky, ktoré boli v ňom uzamknuté, by navždy zmenili svet.

Milióny jednotiek digitálnej meny by naplnili digitálne peňaženky stoviek miliónov ľudí.

Ako sa to malo stať?

Jednoducho, jeho mena by mala pevný počet jednotiek.

Bola by taká cenná, že by si ľudia kupovali čiastkové jednotky digitálnej meny.

Ak, predpokladajme absurdne, myslel si mladý muž, že jedna jednotka bude mať hodnotu milión dolárov, potom ten, kto ju bude vlastniť, bude naozaj bohatý.

Ľudia budú kupovať čiastkové jednotky, časti niečoho mimoriadne cenného.

Dovtedy sa mladík nevedel zorientovať, motal sa po izbe, od postele k písaciemu stolu a potom ku kreslu.

Sedel v kresle a napodobňoval otca, približoval sa k filozofickému, až mystickému ovzdušiu, ale bezvýsledne.

Myšlienky boli blízko k tomu, aby sa prejavili v reálnom svete, ale boli veľmi blízko k tomu, aby prekročili hranicu medzi nehmotným a hmotným.

Keď sa prebudil vo Veľkej prázdnote alebo Veľkej tme, cítil, ako úzko je spätý s Keiko. Ona bola kľúčom k tomu, aby sa tieto básne mohli objaviť v dokonalej podobe.

Sara

Po niekoľkých minútach si uvedomil, že mu chýba jej spoločnosť. Po rozchode s Keiko jeho vzťah so Sarou náhle ochladol.

Preto mladého muža prekvapilo, keď pri dverách našiel svoju dobrú priateľku.

Najzvláštnejší pocit bol, že sa ich priateľstvo obnovilo, akoby sa nevideli deň či dva.

Atmosféra bola úprimná a nenútená a on sám seba prekvapil, keď sa od srdca zasmial na jednom z jej vtipov.

Chýbal mu pocit dôvery, ktorý zo Sary vyžaroval.

Jeho dobrá priateľka z vysokej školy, ktorá mu pomáhala, keď spoločensky nezvládal spleť intríg a kontroverzií.

Vzala ho pod svoje krídla a naučila ho, ako spoločensky prežiť, pretože rybársky syn zo stoviek kilometrov vzdialeného miliónového mesta nemá veľkú šancu.

Mohol sa niekedy dostatočne poďakovať svojej priateľke za to, že mu toľko rokov pomáhala a viedla ho?

Sara bola plná života, bomba energie a odvahy.

Celé mesiace sa živil jej odvahou a pomaly sa vydal na vlastnú dráhu, na vlastnú cestu.

Sára jej po prvý raz povedala aj o Keiko.

Bolo medzi nimi príbuzenstvo, aj keď mladík sa veľmi nevedel zorientovať, kto je vzdialenejšia teta a kto neter, Keiko alebo Sara.

Dom sa naplnil radosťou a steny opäť poznali šťastie, živelnosť duší, ktoré dokážu žiť nad rámec stresu vyvolaného prácou.

Obe vyplnili každú chvíľu ticha slovami, pretože inak by sa všetky tie chvíle mohli začať novým rozhovorom na tému, o ktorú mladý muž nestál.

Sara vedela byť elegantná a cítila, že mladík je v jej prítomnosti napätý, preto pokračovala otázkami o najnovšom filme alebo ich obľúbenej kapele.

Veselosť pomaly utíchla a prešli k rozhovoru o jeho novom povýšení a vážnych veciach.

Mladý muž sa chcel pochváliť, ale cítil váhu každého slova a to, ako ho cesta, ktorou sa uberá, nevyhnutne vedie k jednej téme, k tej najdôležitejšej, k skutočnému dôvodu návštevy jeho priateľky: Keiko.

Po ďalších niekoľkých minútach Sara zmĺkla a chvíľa mimoriadneho napätia vrhla mladíka do búrky pocitov.

- Vieš, Keiko..., začala hovoriť Sara a mladíkovi okamžite zvlhli oči, vyschli mu pery a nasucho prehltol.

Rozhovor v tej konkrétnej chvíli zamrzol v čase a priestore a potom, v tom okamihu, sa akýkoľvek vývoj udalostí stal dokonale možným.

Mohlo sa stať čokoľvek, akoby mladý muž súčasne žil v nekonečne veľa paralelných vesmíroch.

Bojuje so svojou pýchou

Mladíkove líca náhle sčervenali, aby v nasledujúcej sekunde pocítil, ako mu tvár zbelela od dojatia.

Srdce bolo bubnom bijúcim tak hlasno, že by ho počula celá armáda harmonizujúca svoj pochod k víťazstvu do tohto šialeného rytmu. Bol to neustály pohyb tam a späť medzi dvoma protichodnými pocitmi. Na jednej strane chcel Sáre povedať, že už nikdy nechce o Keiko počuť, že ich vzťah sa skončil pred niekoľkými mesiacmi a že ho veľmi zraňuje všetko, čo si povedali. Na druhej strane chcel padnúť na kolená a prosiť ju o odpustenie.

O odpustenie mohol teraz požiadať prostredníctvom Sáry, ktorá by išla za Keiko a požiadala ju o odpustenie.

Na jednej strane mu rozum bránil čokoľvek povedať, ale jeho srdce nemohlo byť pokojné; medzi ním a jeho milovanou bolo toľko vecí, ktoré neboli vyslovené, bolo toľko citov, ktoré nenašli miesto na vyjadrenie.

To, že mu Sara hovorí o Keiko, ukazuje mladému mužovi, že ešte stále existuje šanca a že aspoň teraz môže počúvať svoje srdce. Veď predsa dostal povýšenie, po ktorom tak zúfalo túžil, a to ho nemohlo urobiť šťastným. V tej chvíli s istotou vedel, že na tomto svete ho môže urobiť šťastným len jedna vec.

Sara pokračovala pokojným hlasom:

- Keiko mi o tebe stále rozpráva. Myslí si, že ste sa rozišli predčasne, že váš vzťah si ešte zaslúžil šancu a že ste sa hádali pre malichernosti. Neviem, či si mal niekoho iného, a v tejto chvíli na tom nezáleží, pokračovala Sara, ale vyskúšala niekoľko vzťahov a každý z nich zlyhal kvôli tebe. Jej láska k tebe ju drží v zajatí... Keiko ťa stále miluje! To som ti musela povedať. A Sara si s úľavou vydýchne, urobila, čo musela, aby sa tí dvaja mladí ľudia dali opäť dokopy.

- Áno, povedal mladík hrdelným hlasom, ja viem... a ja tiež. V skutočnosti máš pravdu a ona má pravdu. Pohádali sme sa kvôli ničomu.

Sára sa naňho pozrela, so záujmom sledovala každú jeho reakciu a povedala:

- Ak sa ma pýtaš, nebolo to nič iné ako súboj ega.

Mladík pomaly prikývol:

- Áno, bitka ega, zopakoval tlmeným hlasom.

Mladík pocítil, ako mu z pliec spadla ťarcha. Sara tu bola, aby sa porozprávala o ich vzťahu, vzťahu, v ktorý už celé mesiace ani nedúfal. V tej chvíli začal dúfať.

- V skutočnosti si ju raz v noci všimol na ulici.

V zlomku sekundy mladík presne vedel, ktorý večer to bol.

Sara sa vedome usmiala a dodala:

- V skutočnosti ťa videla ako prvého.

Bilbord

Nič mladého muža nepripravilo na moment extrémneho poníženia, ktorý v tej chvíli pocítil. Keiko ho videla, ako objíma bilbord.

Snažil sa na to nemyslieť, ale je to, ako keď vám niekto povie, aby ste nemysleli na ružového slona... myslíte len naňho.

Keď ju videla postava z reflektora alebo z bezpečnostnej kamery, mladíkovi sa scéna stala hrôzostrašnou. Jeho bývalá priateľka prešla okolo, chichotala sa a pozorovala ho kútikom oka, zatiaľ čo on stál prilepený na billboarde, priťahovaný akoby gravitáciou neviditeľnej čiernej diery.

V tej chvíli si mladý muž uvedomil, že sa s Keiko už nikdy nestretne a že sa jej už nikdy nebude môcť pozrieť do očí, najmä keď si uvedomil, že dievča vie, že ju sledoval aspoň polovicu cesty domov.

Bolo to priveľa aj pre zamilovaného človeka, ktorý by urobil čokoľvek, aby získal späť stratenú lásku. A keďže poníženie pokračuje, Sára pokračuje v rozprávaní príbehu:

- Obaja sme sa smiali, keď sme si predstavili, ako sa tam skrývaš za tým svetlým panelom.

Potom zmenila tón a úprimne sa naňho pozrela a spýtala sa:

- Prečo si sa s ňou v tú noc nerozprával?

- Pretože som spanikárila, nemyslela som si, že ju ešte niekedy stretnem, hoci som si to často želala.

- Takže ju stále miluješ!

Sára uzavrela a to bola posledná vážna vec, o ktorej sa v ten večer hovorilo.

Čas plynul pomaly, aj keď sa obaja mladí ľudia usilovne snažili vrátiť do rytmu, ktorý mali na začiatku rozhovoru; ale bolo medzi nimi napätie.

Sára odišla a pred dverami ho pevne objala; jej ruky boli teplé, jeho ruky boli studené a nečinné.

Z ulice počul, ako pred jeho domom zastavil taxík a zabuchol dvere, a potom ostatné zvuky prestal počuť, hoci boli prítomné, ale jeho myseľ ich oddelila, nechala ich mimo dosahu jeho vedomia.

Celá táto návšteva bola bizarná; poslednú hodinu sa pokúšal opýtať Sáry, prečo prišla, ale nemal na to odvahu.

Prečo Sára prišla za ním? Bola poslom, alebo prišla zo zvedavosti? Čo bolo jej posolstvom? Z hmlistej čiernej tmy, ktorou plával jeho čln, nedokázal nič vyčítať.

Otec mu povedal, že v tých ročných obdobiach, keď nad Kagošimským zálivom visí hmla, sa mnohým rybárom stratila cesta domov. Niektorí sa nikdy nevrátili, hoci boli skúsení rybári, zvyknutí bojovať s búrkou a zdolávať najvyššie vlny.

Niekedy je búrka menej nebezpečná ako hmla.

Rezignácia

Zobudil sa o piatej hodine, vlastne si uvedomil, že ani veľmi nespal, ten stav, v ktorom sa len hádzal, sa nedal nazvať spánkom.

Nemalo zmysel zostávať dlhšie v posteli, preto vstal a urobil si silnú kávu. Nielen jeho hlava, ale celé telo ešte stále pociťovalo šok zo Sárinej návštevy.

Prečo sa s ňou v ten večer nerozprával a radšej sa ako zbabelec schoval za billboard?

Prečo sa neriadil svojou intuíciou a nešiel pred ňu s úsmevom a pozvaním na večeru?

Čo mohlo byť horšie ako to, ako sa cítil a stále cíti trápne, keď vedel, že ho Keiko videla?

Nemohol ísť do práce, nechcelo sa mu nič robiť, takže jeho prvou myšlienkou bolo napísať výpoveď.

Schmatol kus papiera a začal si zapisovať všetko, čo mu prišlo na um. Dôvodom jeho výpovede bolo, že riaditeľ pobočky bol zlobor, ktorý chcel zjesť svojich zamestnancov. Usmial sa a napísal, že dôvodom jeho výpovede je charakterový nesúlad so zvyškom jeho tímu.

V skutočnosti už prešiel na druhý hárok papiera a ani si neuvedomil, kedy je tento hárok hotový. Mal chuť písať a opäť ho zasiahla inšpirácia, a tak vzal do ruky zošit a pokračoval v písaní svojich milovaných básní, básní digitálnej meny.

Zazvonil mu budík; bol piatok a on musel ísť do práce. Cez víkend by pokračoval v písaní ďalších výpovedí.

Tá vec s rezignáciou ho strašne bavila, v spoločnosti, kde nikto nerezignuje. Existujú výnimky, ale žiadny zamestnanec, ktorý bol povýšený, neprichádza s výpoveďou, ale snaží sa splatiť dôveru, ktorú doňho spoločnosť vložila.

Nech už boli časy akokoľvek ťažké, každý sa držal svojej práce, kým sa dalo, a on, ktorý bol synom rybára, veľmi dobre vedel, čo znamená byť hladný a naplniť si žalúdok. Nehodlal zahodiť svoju šesťročnú prácu pre nejaké zmätené pocity.

Cestou do práce postál a niekoľko sekúnd pozoroval, ako okolo neho preletelo niekoľko holubov; boli voľné a on sa v tejto chvíli cítil slobodný. Mladý muž vedel, že sa vynoril z hmly, ktorá ohrozovala jeho budúcnosť.

Rezignácia nebola odpoveďou, ale ani takúto myšlienku nemal zavrhnúť.

Po príchode do práce si sadol za stôl a pustil si myšlienkový film. Predstavoval si, ako ide do kancelárie riaditeľa pobočky a podáva výpoveď. Bola to len hra, ale pokiaľ išlo o neho, v tejto spoločnosti už nepracoval. Chystal sa síce chodiť do práce každý deň, pretože potreboval peniaze, ale jeho duša bola inde. To bolo jeho tajomstvo.

Sobota

Mladík sa zobudil a dal si rannú sprchu. Chystal sa vyjsť na prechádzku v daždi, keď bez varovania pocítil, že odniekiaľ prišla inšpirácia. Čakal celé týždne, aby opäť pocítil ten jedinečný pocit. Cítil, ako sa v ňom opäť usadil stav vnútornej slobody. Opäť nachádzal sám seba, hoci vedel, že sa nikdy nestratil.

Konečne si mohol vydýchnuť a cítiť sa opäť silný a úplný; bez tohto vnútorného stavu mal tendenciu chodiť zo zotrvačnosti až do bodu, keď vedel, že sa zastaví.

Tentoraz nechal zápisník na stolíku v obývačke a vyšiel na prechádzku, lenže svet okolo neho ho nezaujímal. Celý svet farieb a pocitov sa mu teraz ukazoval ako holografická projekcia.

V mysli sa mu vynorila prvá svätyňa, miesto, kde sa ľudia ako on rozhodnú ukryť a pokračovať v živote ďaleko od pokušenia a rozptýlenia.

Mala to byť dokonalá spoločnosť, ľudia a umelé inteligencie spolu, pracujúci na tom istom spoločnom cieli: dobre a rozvoji ľudstva.

To všetko malo stáť peniaze, miliardy, ak nie desiatky miliárd, a jeho digitálna mena to všetko mala zaplatiť.

Prvýkrát pocítil, že má poslanie; všetko, čo zažil, bolo žartom, všetky obavy a všetky nepríjemné pocity, ktoré pociťoval, boli žartom.

Tisíce ľudí sa chystali naplniť útočisko a posunúť ľudstvo na novú úroveň vedomia a on mal v tom všetkom zohrať dôležitú úlohu. Nemal byť vodcom, nakoniec bude musieť prejaviť intelektuálnu úprimnosť a priznať si, že je len jedným z vodcových nasledovníkov a hotovo, ale to mu neuberie na jeho zásluhách.

Mať šancu čiastočne prepísať ľudské dejiny a môcť zmeniť beh tisícov životov bol pocit, ktorý mu naplnil celú dušu radosťou a šťastím.

"Odkiaľ sa berú všetky tie nápady?" uvažoval mladík.

"Žeby moja myseľ, ktorá rada cestuje a fabuluje, dosiahla vyššiu úroveň poznania?

Ľudia potrebujú útočisko, a ak moja digitálna mena ožije, ja ju zrealizujem."

Mladý muž sa nad tým ešte chvíľu zamyslel a zmenil názor: "Keď moja digitálna mena ožije, uskutočním tento sen."

Útočisko, to podzemné útočisko, vykopané na mnohých úrovniach, sa skromnému veriacemu zdalo ako zjavenie.

Nedeľa

Nepodarilo sa mu veľa spať a po niekoľkých kávach sa mu obrazy, ktoré si vizualizoval, vyjasňovali.

Ľudia a stroje uväznení spolu v nekonečnej hre a s každým upgradom sa všetko resetovalo a hľadanie pokračovalo.

Svety vybudované od základov, ktoré umelá superinteligencia vymazala a systém resetovala.

Uprostred týchto svetov, obklopená štyrmi Umelými superinteligenciami, z ktorých každá napodobňovala svojím vlastným tempom, bola Ona, jediná Inteligencia, na ktorej skutočne záležalo. Ona určovala pravidlá a ona určovala čas ďalšej aktualizácie.

V tejto hre sa tisíce ďalších umelých inteligencií predbiehali v tom, kto bude prvý a nájde riešenie algoritmu.

Vždy tá, ktorá prišla prvá, získala najdôležitejšiu časť aktualizácie a pri ďalšom resetovaní mala táto inteligencia výhodu.

Rodil sa nový svet a rástol vnútri algoritmu, ktorý sa veľmi podobal na blockchain, ktorý si predstavoval.

Potom by bol pokoj, pretože ľudia aj umelé superinteligencie by objavili niečo iné v inej časti vesmíru a vydali by sa na to miesto.

Zem zostane sama, spravovaná obmedzenými umelými inteligenciami nastavenými len na sledovanie určitých parametrov, a bude čakať na prípadný návrat ľudí.

Mohlo by sa to všetko stať? Bolo by možné, že všetok život, ktorým prekypujú ľudia, nebude nič iné ako stroje, ktoré budú kontrolovať kvalitu vzduchu alebo vody podľa noriem stanovených pred tisíckami rokov?

A predsa táto budúcnosť môže, ale nemusí byť možná, môže, ale nemusí byť pravdepodobná, dovtedy bude môcť každá ľudská bytosť tak či onak ovplyvniť tento vývoj ľudstva a strojov.

Snaha vnímať záblesky budúcnosti unavuje mladého muža, ktorý napokon zaspáva a sníva o Svätyni, mieste, kde sa uchýlia a budú slobodní tí, ktorí si to budú chcieť a zaslúžia.

K večeru sa zobudil a začal písať; básne mal ešte čerstvé v pamäti po celej tej vznešenej chvíli inšpirácie. Tisícročná cesta, ktorú si predstavoval, mu teraz dodávala silu a odvahu.

Mladý muž nevedel, čo prinesie zajtrajšok, či sa bude cítiť silný, alebo naopak, skľúčený a smutný. Najdôležitejšie preňho bolo, že žil v prítomnom okamihu.

"Je budúcnosť nepretržitou prítomnosťou, ktorú si vyberáme, či ju budeme žiť v láske alebo nenávisti?" pomyslel si mladý muž a s touto myšlienkou opäť zaspal.

Keiko

Uplynulo už niekoľko dní, odkedy rezignoval, aspoň takú hru hral.

Naďalej chodil do práce s úsmevom na tvári a aj ostatní sa naňho pozerali inak.

Mladík bol oveľa viac odosobnený a táto zmena postoja spôsobila, že sa reakcie ostatných zmenili.

Už v tej firme nepracoval, chodil sem len preto, aby sa doma nenudil. Prišiel pomôcť svojmu bývalému tímu, pretože bez neho by to nezvládli.

Mladý muž mal aj chvíle, keď si uvedomoval, že hrá detinskú hru a že v skutočnosti nič nezmenil na svojej každodennej rutine, ale kým hra nikomu neubližovala, hral ju ďalej.

Po dvoch dňoch, keď zažil stavy čistého vedomia, sa mu život zdal oveľa lepší.

Dokonca aj vedúci pobočky, ten zlobor, ktorý jedol zamestnancov, keď bol nervózny, sa k nemu vyjadroval milo a chválil ho.

Už nevedel, za čo ho chválil, ale pokračoval v tejto novej hre.

Celé roky chcel to povýšenie a hral úlohu, ktorá mu nevyhovovala.

Nebol ním, bol vzorným zamestnancom a kvôli tomu stratil Keiko; kariéru a profesionálny život uprednostnil pred milostným životom.

Teraz sa chcel baviť, chodil do práce s rovnakou energiou, len sa mu zmenili priority. Jeho myseľ sa sústredila na nové myšlienky, na konštelácie poznania a lásky.

Prekvapil sám seba, keď sledoval matku, ktorá niesla svoje dieťa v náručí; mala špeciálnu šatku, ktorou si ovinula dieťa okolo hrude, a tí dvaja sa stali jedným.

S týmito myšlienkami sa vrátil domov, sadol si do kresla a v duchu si vybavil ten obraz:

Obraz materstva, malých, ale absolútne láskyplných gest, ktoré matka robí pre svoje dieťa.

Predstavil si, ako Keiko nosí ich plačúce, šušlajúce dieťa k prsiam, zatiaľ čo ona, pokojná a milujúca, ho hladí a upokojuje na svojej teplej hrudi.

"Keby som si mal znova vybrať, neodstrkoval by som lásku, pretože láska plodí lásku," pomyslel si mladý muž, zdvihol vankúš a pevne ho objal.

"Aké je to držať na prsiach vlastné dieťa? Nemôžeš mu dať príliš veľa lásky z túžby nedať mu jej príliš málo?"

Potom sa niekoľko nasledujúcich dní hral na otca, veľmi opatrne si chodil s vankúšom po hrudi a neprestajne sa s ním rozprával. Nemohol sa dočkať, kým mu prejde pracovný program, a v šialenom zhone sa ponáhľal na metro.

Upokojil sa, až keď na hrudi pocítil vankúš:

- Mama prichádza, počkaj na ňu, Keiko prichádza.

Stretnutie s jeho láskou

Mladík otvoril dvere s vankúšom v náručí, ona sa zasmiala a pobozkala ho. Bol piatok.

To bolo všetko, už žiadne slová a žiadne pohľady.

Keiko bola opäť jeho.

Nebolo potrebné žiadne ďalšie vysvetľovanie ani rozbor udalostí. Mladík spoznal krehké prsty, ktoré zľahka ťukali na dvere, a v tej chvíli vedel, že je tam.

V rozpakoch odhodil vankúš na kreslo a bez slova sa na ňu pozrel. Bolo ticho a z tej časovej prázdnoty vychádzali dva nádychy, ktoré sa snažili zladiť po mesiacoch nesúladu.

Chýbala mu láska, a keby takto pokračoval, určite by sa zbláznil. Tu mu vesmír poslal odpoveď. Zákon príťažlivosti fungoval, ale úplne iným smerom, ako si predstavoval.

S malou batožinou v ruke sa Keiko chystala vrhnúť do novej časovej línie.

Mladík mal pocit, akoby sa pozeral do dvoch zrkadiel, v ktorých sa donekonečna odrážal obraz ich dvoch. Každý odraz predstavoval iný možný čas, a predsa žil v tej realite, ktorú nechcel opustiť.

Sadli si a rozprávali sa o stredajšom zemetrasení o desiatej hodine. Nebolo veľké a škody boli malé, ale práve vtedy si na seba spomenuli.

Potom jej povedal o svojom povýšení a o svojej hre na odstúpenie. Keiko mu vynadala a povedala mu, že v týchto časoch nie je vhodné žartovať o takýchto veciach.

Potom nasledoval víkend, ktorý prešiel, akoby tí dvaja boli nerozluční. Keiko odmietala opustiť mladíkovu stranu a v nedeľu večer mu sľúbila, že bude po jeho boku po celý život.

Mladík sa ráno zobudil a s úsmevom na tvári objal svoju budúcnosť. Mohol sa zblázniť túžbou a do konca života chodiť s vankúšom v náručí. Ale vesmír má svoj vlastný rytmus a svoj vlastný spôsob, ako sa prihovoriť tým, ktorí sa milujú.

Minulosť sa pomaly rozplývala ako hmla rozplývajúca sa k ránu.

Odteraz bude mladý muž prežívať budúcnosť ako nepretržitú prítomnosť a jeho loďka bude pomaly klesať po priezračnej rieke, na dne ktorej ležali drahé kamene.

Láska sa vrátila vo všetkých svojich podobách a objala ho rannými lúčmi hrajúcimi sa v tieňoch a farbách. Čas sa zastavil a tma v izbe začala nadobúdať farby.

Vybral si lásku a každé ráno s Keiko bude krajšie.

Keiko bola nežná

Séria nezodpovedaných otázok. Tá ťažká časť bola za nami, ale budúcnosť závisela výlučne od toho, čo títo dvaja mladí ľudia urobia.

Mladík naďalej premýšľal a bol roztržitý, vlastne prežíval posledných niekoľko mesiacov utrpenia po svojej veľkej láske.

Keď sa vrátil z práce domov, sadol si za stôl a začal takticky jesť, až kým sa jeho pohľad nestretol s párom papúč, ktoré ležali pri dverách. Boli to malé papučky, akoby detské.

Mladý muž prestal jesť a pozorne si papuče prezrel, potom si uvedomil, že patria Keiko. Na všetko zabudol.

Keď odchádzal do práce, vrátil sa k svojim starým mentálnym šablónam; nastúpil do metra v tom istom vagóne, vystúpil na tom istom mieste a vydal sa po ceste rovnakým tempom ako vždy.

Jeho telo sa naučilo určitému správaniu. Jeho telesná chémia sa zmenila do takej miery, že bolo preňho ťažké prijať šťastie.

Šťastie sa zaseklo na úrovni podvedomia a vedomá myseľ sa pohrávala s novými protichodnými pocitmi. Bola Keiko skutočná, alebo žil v ilúzii?

Na chvíľu spanikáril a rozbehol sa po dome, hľadajúc ďalšie dievčenské veci. V kúpeľni našiel jej kefku na vlasy a zubnú kefku. Takže to všetko bolo skutočné, nie v nejakej hre, ktorú si vymyslel.

Z chodby počuje, ako kľúčom otvára dvere a do domu vchádza Keiko; prichádzala z vysokej školy.

- Myslel som si, že v skutočnosti neexistuješ, že ťa moja myseľ priviedla, ale že si naozaj ďaleko, povedal mladík cez vzlyky.

- Som tu a môžeš ma vnímať cez svoje srdce; opusti svoju myseľ a odpoj sa od všetkých tých myšlienok, ktoré ti neprospievajú. Teraz ma máš, zašepkala mu Keiko.

Keiko bola k nemu nežná a chápala ho, pretože ich láska bola nad rámec akéhokoľvek automatického programu, ktorý spúšťa myseľ. Ich láska bola vzácna: prebudené a oživené spojenie, ale na inej úrovni.

Polovica ich lásky zomrela pred niekoľkými mesiacmi, ale bola to polovica, ktorá im bránila byť šťastní.

Oni dvaja si ju vzali z druhej polovice lásky a zostávalo im len vybudovať celok, bez zrady a bez ľútosti.

Keiko bola nežná, a to mu dodávalo odvahu hľadieť do budúcnosti, do víru premenných, ktoré sa neustále menili v tisícoch a tisícoch časových línií. Ale ona tu bola, ako silná kotva, ktorá ho drží v bezpečí.

Romantická večera

Keiko bola absolútne úžasná a vďaka nej sa cítil hodný a slobodný. Premýšľal nad momentom odlúčenia, nad tým okamihom zrady, keď pýchu nahradila šťastie pocitom viny a ľútosťou.

Stále bol neistý, ale vedel, že ho v budúcnosti čaká dlhá cesta a že veľkosť emócií, ktoré cítil, bola len zábleskom lásky, ktorá bude obklopovať jeho život.

Musel si zachovať rovnaký stav, ale akoby ho niekto nútil hovoriť do duše rovnakým vyrovnaným hlasom. Musel udržiavať rovnaké zvýšené emócie, aby prekonal nepríjemné pocity spôsobené úplným nedostatkom lásky za posledné mesiace.

Ako sa mohol oddeliť od všetkých tých chvíľ, keď ním bol?

Ako mohol zrušiť všetky tie obvody, ktoré formovali jeho osobnosť?

Jediné, čo musel urobiť, bolo naučiť sa a prispôsobiť. Mohol to urobiť len prostredníctvom jednoduchých, úprimných gest.

Jeho myseľ sa zaoberala hľadaním riešení, ako kompenzovať nedostatok lásky, ktorý zažil.

Mladý muž si uvedomil, že už nešlo o neho, a tým sa zmenil celý jeho pohľad na život.

Bol predmetom experimentu a mohol sa stotožniť s jediným slovom: uzdravenie.

Pretože už nemal čo stratiť a pretože mohol všetko získať, mladý muž sa odovzdal láske a v tej chvíli budúcnosť vyzerala a cítil sa dobre.

Mohol vidieť záblesky tých budúcich udalostí; mohol povedať svojej duši, že môže kráčať po mokrej tráve rána, ktoré ešte neprišlo.

Bol večer a ona pre nich dvoch pripravila romantickú večeru, na ktorej, či už to bolo desivé alebo nie, zapadalo slnko, aby ráno vyšlo.

Malo to byť to ráno, keď rosa trávy bude rozprávať príbeh dvoch stôp, ktoré sa strácajú do nekonečna? Alebo by to bol ten príbeh dvoch mladých ľudí, ktorí sa hľadajú a nenachádzajú?

Ale mladík už nechcel posudzovať budúcnosť; večera bola chutná a čas sa teraz zastavil.

Na parapete okna bolo počuť šplechot dažďa, ale už to nebolo ticho, ktoré padá medzi sekundami, ale stali sa z nich eóny v boji, v ktorom vesmír bojuje o prechod za hranice Nekonečnej prázdnoty.

Romantická večera, ktorá sa skončila slovami lásky, ktoré nemal nikto počuť.

V skutočnosti už nehovorili slová, ale pozerali sa jeden na druhého a rozumeli tomu, čo si majú povedať.

"Som šťastný vo svete, ktorý budujem z citov," odovzdal mladý muž očami Keiko.

Tichá noc

Nasledovala tichá noc plná nádejí, ale aj obáv, ktoré sa stále držali všetkých tých silných stavov, ktoré si mladík vybudoval.

Mladík chvíľu ležal v posteli a dúfal, že príde spánok. Jeho myseľ bola zaujatá hmotou a celý tento vnútorný proces predlžoval vzdialenosť medzi sekundami a dodával im váhu, ktorá udržiavala jeho viečka otvorené.

Aj keď sa ich snažil zatvoriť, spánok neprichádzal.

Existuje veľa spôsobov, ako zaspať, a on to vedel, preto sa nevzdával a začal v určitom tempe vdychovať a vydychovať. Už takmer zaspal, keď sa zrazu jeho básne premietli na steny miestnosti ako trojrozmerné útvary.

Tvary a farby prichádzali a odchádzali za steny v nepretržitom toku vysokých vibrácií.

Nebol schopný dokončiť zošit, do ktorého písal svoje básne, pretože jeho osobnosť sa v posledných dňoch zmenila; nebol schopný písať a všetko, čo napísal, ho už neuspokojovalo.

V túto noc sa však jeho duša po období hľadania cesty domov uzdravila. Hmota prestala byť hmotou a stala sa vlnou.

Otázky sa zmenili na odpovede a všetky prišli z ničoho.

Veľká prázdnota k nemu prehovorila prostredníctvom farieb a vibrácií a celý jeho liečebný proces teraz nadobudol nový význam.

Zákon príťažlivosti sa netýkal jeho kariéry, ale duše a lásky. Jeho básne mali potenciál miliárd a miliárd podjednotiek digitálnej meny, ktoré sa spájali a tvorili len niekoľko desiatok miliónov entít.

Zákon príťažlivosti nebol o jeho profesionálnom živote, ale o hojnosti, ktorú v danom momente pociťoval.

Aj keď všetky tieto stavy nadvedomia nepoznal, srdce sa vedelo spojiť s mysľou a preniesť ho do súhvezdí a neskôr do neznámych galaxií.

Táto hojnosť pocitov a myšlienok dokázala vyliečiť každú chorobu a nájsť riešenie každého problému. Táto hojnosť dýchala z hrude ako samostatná myseľ, myseľ duše vibrujúca na vlastnej frekvencii.

Všetky tie knihy, ktoré prečítal, celý ten čas, ktorý do nich mladík investoval, mu neklamali, všetko to bola príprava na túto chvíľu, na kvantový skok, ktorý sa mu podarilo urobiť.

Na začiatku si chcel vybudovať vlastnú cestu, riadiť sa všetkými pravidlami, ktoré mu spoločnosť vnucovala, a predsa ho vlny niesli iným smerom.

Hoci mladý muž utekal pred láskou, láska si ho nakoniec našla a dodala mu silu a odvahu, ktorú stratil.

Básne na konci

Keiko našla mladého muža pri kuchynskom stole, ako si prezerá zošit s tvrdými obálkami. Postavila kávu do perkolátora a sadla si vedľa neho.

- Je to hotové! Dnes ráno som to dokázala a dokončila som tieto básne.

- Určite sú to nesmierne zaujímavé básne, budeme ich čítať možno aj po rokoch a spomínať na tieto chvíle.

- Nie sú to len básne, povedal mladý muž po dlhšej odmlke. Toto je naša budúcnosť, tieto básne som napísal, lebo som nevedel nájsť iný spôsob, ako tie myšlienky uviesť do života, ale všetko je to tu. Digitálna mena je tu, vo forme konceptu. Pred nikým som to netajil.

- Áno, miláčik, - povedala Keiko, - ale myšlienku, nech je akokoľvek geniálna, treba uviesť do praxe; to je najväčšia výzva. Udržiavať ho v tajnosti by bola chyba, mala by si ho dať všetkým.

Mladík začal pomaly krútiť hlavou; všetko, čo Keiko povedala, sa mu zdalo nepochopiteľné. Ako mal zahodiť všetku svoju prácu a nechať niekoho ukradnúť jeho nápady? Radšej by mal ten zápisník držať ďalej od kohokoľvek iného.

- Láska moja, - pokračovala Keiko, - musíš pochopiť, že keby niekto zajtra vymyslel alebo vyrobil takúto mincu, nikto by nemal záujem ju kúpiť. Budú trvať desiatky mesiacov, kým zvedaví investori začnú nesmelo kupovať jednotku tvojej meny za nie viac ani menej ako dolár. Vaším alebo naším cieľom je, aby sa tento váš sen stal skutočnosťou. Na výrobu tejto meny nemáme ani zdroje, ani schopnosti, a aj keby sme ju vyrábali, znamenalo by to obrovské vyčerpanie zdrojov, ktoré nemáme.

Vtedy mladík pochopil: Keiko mal pravdu. Jeho úlohou bolo snívať a prvé kúsky digitálnej meny vytvorí a predá niekto iný.

Keď by sa digitálna mena mohla predávať, nakúpili by niekoľko desiatok tisíc kusov len za niekoľko sto dolárov a potom by čakali, kým cena stúpne.

V nasledujúcich dňoch Keiko prekladal a kopíroval básne mladého muža. Všetky tieto kópie poslala tým, ktorí už diskutovali o potrebe digitálnej mince. Diskusné fóra začali ožívať a myšlienky mladíka našli odozvu u mnohých, ktorí chceli vytvoriť menu budúcnosti.

O niekoľko mesiacov neskôr už mali obaja mladí ľudia vo svojich digitálnych peňaženkách prvé jednotky digitálnej meny a boli nesmierne šťastní.

- O čom teraz premýšľaš, opýtala sa ho Keiko jemne?

- Mám veľa nápadov a jedným z nich je vytvoriť platformu na zdieľanie videí v dĺžke len 15 sekúnd. Myslíš, že by sa takýto nápad ujal?

Keiko mu však neodpovedal, len sa nekonečne usmieval.

Milton Keynes UK
Ingram Content Group UK Ltd.
UKHW020641010823
426141UK00015B/545